Nächstes Jahr bleibt alles anders

Vorsätzliche Ermutigungen für das neue Jahr

Mit Zeichnungen von Nikolaus Heidelbach

Zusammengestellt von Daniel Kampa

Diogenes

Umschlagillustration
von Nikolaus Heidelbach
Nachweis am Schluss des Bandes

Originalausgabe

www.diogenes.ch
600/13/8/1
ISBN 978 3 257 79732 9

Gut ist der Vorsatz, aber die Erfüllung schwer.

Johann Wolfgang von Goethe

Ja, mach nur einen Plan,
sei nur ein großes Licht.
Und mach' dann noch 'nen zweiten Plan.
Gehn tun sie beide nicht.

Bertolt Brecht

Inhalt

Martin Suter

Die Vorsatzfrage

Es ist nicht einfach, Fehler zu vermeiden und dabei unangestrengt zu wirken. Geri findet, dass es ihm im großen Ganzen recht passabel gelingt. Er ist ein guter Beobachter der Szene und ein flexibler Umsetzer der Megatrends in sein persönliches Verhalten. Das heißt, er kann sich anpassen, ohne dass es aufgesetzt wirkt. Und ohne wie ein Nachahmer dazustehen.

Das ist überhaupt das Wichtigste. Und das Schwierigste. Man muss den Trend vorausahnen, wenn man nicht der Letzte sein will, der ihn aufnimmt. Man muss Augen und Ohren offen halten und die Zeichen lesen können. Im Allgemeinen ist Geri darin ein Meister. Er ist zum Beispiel in die Geschichte der SchampBar eingegangen als der Erste, der einen Lady-Di-Witz riskierte. Bei drei Gelegenheiten hatte er mitbekommen, dass Robi Meili ungestraft etwas in der Art von »Das Theater um diese Kindergärtnerin« fallen ließ. Kurz darauf ging er einen Schritt weiter und platzierte den Witz. Er war nicht besonders gut (etwas mit Harald Juhnke, der jetzt als Chauffeur für die Royals arbeite), aber es ging hier, wie meistens in Trendfragen, nicht um Inhalte, sondern um die Geste.

Die Einzige der Runde, die sich schockiert gab, war Susi Schläfli gewesen. Aber das war eine einkalkulierte und erwünschte Reaktion. Sie hatte viel zur Heiterkeit der übrigen Zuhörerschaft beigetragen.

Aber Geris Kunst, von den Mikrotrends in seinem Umfeld die Megatrends abzulesen, versagt regelmäßig zum Jahreswechsel. Ausgerechnet zu dem Zeitpunkt, zu dem die großen Wenden, die grundsätzlichen Neuerungen und die Generalabrechnungen mit dem Vergangenen stattfinden, empfängt er keine Signale. Die Leute, auf die er bei der Trendanalyse angewiesen ist, behalten ihre Vorsätze für sich. Nur einen Vorsatz, von dem niemand etwas ahnt, kann man brechen, ohne dass es jemand merkt. Das ist nicht wie früher, als man sich öffentlich vornehmen konnte, im nächsten Jahr nicht mehr zu rauchen, und wenn man ihn nicht hielt, auf das Verständnis aller zählen konnte, die es auch nicht geschafft hatten. Oder als man, ohne aufzufallen, routinemäßig ab dem zweiten Neujahrstag bis mindestens Mitte Januar keinen Tropfen Alkohol anrührte, weil das alle taten.

Heute läuft auch der Trend der Neujahrsvorsätze weg vom Gruppendynamischen, hin zum Individualistischen. Keine Anzeichen hatten im vorletzten Jahr zum Beispiel darauf hingewiesen, dass Carl Schnell, unter anderem auch das ökologische Gewissen des Mucho Gusto, für das neue Jahr der Abfalltrennung abschwören würde. Ihn, den Pionier des gewachsten Wurstpapiers zur Frischhaltung seines schwarzen Afghans, den Vorreiter der In-House-Kompostierung und ersten Besitzer eines Balkon-Häckslers, ausgerechnet ihn ertappte Geri dabei, dass er im Tram eine Handvoll Batterien, darunter sogar solche von der mercurium- und cadmiumhaltigen Sorte, im Papierkorb verschwinden ließ. »Ich habe mir vorgenommen, mir nicht mehr die ganze Verantwortung für den Zustand des Planeten aufhalsen zu lassen«, erklärte er Geri, der sein Entsetzen über den Frevel nicht verbergen konnte. Da er an diesem Tag keine Batterien bei sich trug, konnte er die Scharte nur dadurch halbwegs auswetzen, dass er anschließend in der SchampBar ein Dosenbier bestellte.

Im letzten Dezember aber waren die Fingerzeige unverkennbar: Comeback der Januar-Entschlackung! Freddy Gut, der aus modischen Gründen ein sehr disziplinierter Esser ist, würde sonst in den Vorweihnachtstagen nicht fressen und saufen wie nur zu

Zeiten, als man das neue Jahr mit der Zitronenkur einleitete. Und Alfred Hubers Trinkspruch »damit wir dann auch etwas zum Entgiften haben« zerstreute Geris letzte Zweifel.

Aber am vierten Januar ist er der Einzige, der mit einer Thermosflasche voll Zitronensaft mit Maple-Sirup und Cayennepfeffer im Mucho Gusto auftaucht. Die andern bekommen ein Schälchen braunen Reis serviert, den sie andächtig, sehr bewusst und, damit die Portion länger vorhält, mit Stäbchen essen. »Die Mayo-Brown-Rice-Diät«, lässt sich Freddy Gut herab, ihm zu erklären. »Zum Frühstück ungewürzter, gedämpfter brauner Reis, zum Mittagessen ungewürzter, gedämpfter brauner Reis, zum Abendessen ungewürzter, gedämpfter brauner Reis. Zehn Tage lang. Nicht so asozial wie die Zitronenkur. Und vor allem: nicht so ungesund.«

Als Geri – was bleibt ihm anderes übrig? – den Plastikbecher von seiner geblümten Thermosflasche schraubt, fügt Susi Schläfli noch hinzu: »Und sieht nicht so doof aus.«

Geri nimmt sich vor, sich nie mehr etwas vorzunehmen.

Neujahrstag, an dem niemand ein ›neues‹ Leben beginnen will; man ist schon froh, sein altes fortfahren zu können.

Sándor Márai

Es ist ein Verhängnis mit allen guten Vorsätzen. Sie werden unweigerlich zu früh gefasst.

Oscar Wilde

Das neue Jahr hat so lange eine weiße Weste, bis man sie anzieht.

Hans Fallada

Kurt Tucholsky

Neues Leben

Berlin, den 31. Dezember 1920
Berlin, den 31. Dezember 1921
Berlin, den 31. Dezember 1922
Berlin, den 31. Dezember 1923
Berlin, den 31. Dezember 1924
Berlin, den 31. Dezember 1925
(abends)

Von morgen ab fängt ein neues Leben an.

Der Doktor Bergmann hat einen ordentlichen Schreck bekommen, als er mich ansah, und ich bekam einen noch viel größeren. »Was machen Sie denn, lieber Freund?«, fragte er leise. »Was … was ist denn, Doktor?«, sagte ich. »Haben Sie etwas mit der Leber?«, fragte er. »Ihre Augen gefallen mir gar nicht. Kommen Sie mal in den nächsten Tagen zu mir!« Natürlich gehe ich hin. Ich weiß schon, was er mir sagen will, und er hat auch ganz Recht. So geht das nicht mehr weiter.

Also von morgen ab hört mir das mit dem Bier bei Tisch auf. Wenn mir Mutter wieder Hamann-Schokolade durch Emmy schicken lässt, gebe ich sie den Kindern. Und Edith darf nicht mehr so fett kochen. Gestern hab ich ihr noch gesagt… Nein, gestern hab ich gefragt, ob noch Stopfleber da ist – das ist wahr. Aber das hört mir jetzt auf.

Der Sandow-Apparat – wo ist der Sandow-Apparat? Er liegt auf dem Boden. Das Mädchen soll ihn morgen herunterholen. Von morgen ab fange ich wieder an, regelmäßig jeden Morgen zu turnen. (›Wieder‹ – denke ich deshalb, weil ich mir das schon so oft vorgenommen habe.) Und fünfzig Kniebeugen, wenn ich fleißig trainiere, kann ich's mit Leichtigkeit auf hundert bringen. Ich war doch ein sehr guter Turner, seinerzeit – wenn ich nicht gerade dispensiert war. Na ja, aber heute ist das ja ganz was anderes.

Von morgen ab stehe ich früh auf. Dieses ewige Lange-im-Bett-herum-Geliege – das führt ja zu nichts. Ich stehe einfach um sechs auf, turne ordentlich, dann schön brausen und frottieren – ah – darauf freue ich mich. Ob ich nicht doch anfangen soll zu reiten… ? Na, das ist vielleicht zu teuer – aber ein Stündchen durch den Tiergarten – großartig! Ich werde ins Geschäft gehen! Das härtet ab – in drei Monaten bin ich ein anderer Kerl. Schlank, elegant, gesund – Bergmann wird sich wundern.

Von morgen ab nehme ich den spanischen Unterricht wieder auf. Jeden Tag abends im Bett ein halbes Stündchen Spanisch – das geht ganz gut und bringt einen auf andere Gedanken. Dann kann ich die Reise nach Südamerika machen – ich werde Edith nichts sagen – das wird eine Überraschung, wenn ich auf dem Dampfer so ganz lässig Spanisch spreche... Als ob sich das von selbst verstände... Hähä...

Übermorgen fängt ein neues Jahr an – ich werde ein anderer Mensch.

Von übermorgen ab wird das alles ganz anders. Also erst mal muss die Bibliothek aufgeräumt werden – das wollte ich schon lange. Aber jetzt geht's los. Von übermorgen ab mache ich nicht mehr diese kleinen Läpperschulden – eigentlich sind das ja gar keine Schulden –, aber ich will das nicht mehr. Und die alten bezahle ich alle ab. Alle. Von übermorgen ab höre ich wieder regelmäßig bildende Vorträge – man tut ja nichts mehr für sich. Ich will wieder jeden Sonntag ins Museum gehen, das kann mir gar nichts schaden. Oder lieber jeden zweiten Sonntag – den anderen Sonntag werden wir Ausflüge machen –, man kennt die Mark überhaupt nicht. Ja, und neben die Waschtoilette kommt mir jetzt endlich die Tube mit Vaseline – das macht die rauhe Haut weich, so oft habe ich das schon gewollt. Übermorgen ist frei – da setze ich mich hin und lerne Rasieren. Diese Abhängigkeit vom Friseur… Außerdem spart man dadurch Geld. Das Geld, was ich mir da spare – davon lege ich eine kleine Kasse an – für die Kinder. Ja. Das ist für die Ausstattung, später. Von übermorgen ab beschäftige ich mich mit Radio – ich werde mir ein Lehrbuch besorgen und mir den Apparat selbst bauen. Die gekauften Apparate… das ist ja nichts. Ja, und wenn ich morgens durch den Tiergarten gehe, da werde ich vorher Karlsbader Salz nehmen – so weit ist es bis zum Geschäft gar nicht…

Man kommt eben zu nichts. Das hört jetzt auf.

Denn die Hauptsache ist bei alledem: Man muss sich den Tag richtig einteilen. Ich lege mir ein Büchelchen an, darin schreibe ich alles auf – und dann wird jeden Tag unweigerlich das ganze Programm heruntergearbeitet – unweigerlich. Von morgen ab. Nein, von übermorgen ab. Im nächsten Jahr… Huah – bin ich müde. Aber das wird fein:

Kein Bier, keine Süßigkeiten, turnen, früh aufstehen, Karlsbader Salz, durch den Tiergarten gehn, Spanisch lernen, eine ordentliche Bibliothek, Museum, Vorträge, Vaseline auf den Waschtisch, keine Schulden mehr, Rasieren lernen. Radio basteln – Energie! Hoppla! Das wird ein Leben!

Anmerkung des ›Uhu‹: Wir wollen mal nächstes Jahr wieder vorbeifliegen.

Geht es doch unseren Vorsätzen wie unseren Wünschen: Sie sehen sich gar nicht mehr ähnlich, wenn sie ausgeführt, wenn sie erfüllt sind.

Johann Wolfgang von Goethe

Ein neues Leben kannst du nicht anfangen, aber täglich einen neuen Tag.

Henry David Thoreau

Urs Widmer

Gute Vorsätze

Der Weg in ein neues Jahr ist bekanntlich mit guten Vorsätzen gepflastert. Seit jeher beginnen wir das neue Jahr mit Gelübden und Versprechen, die wir uns selber geben. Ich wenigstens tue das seit einem halben Jahrhundert, so wie mein Vater, von dessen Vater ganz zu schweigen, dies schon ein Leben lang hielt. Mein Vater nahm sich an jedem Silvester vor, nicht mehr zu rauchen. Nicht mehr so viel zu rauchen. Nicht mehr als drei Päckchen pro Tag zu rauchen. Natürlich scheiterte er. Er starb mit einer Zigarette im Mund, und die Manager der Zigarettenmarke, die er geraucht hatte, konnten sich ihren Umsatzeinbruch in den folgenden Monaten nicht erklären. – Ich meinerseits nehme mir Jahr für Jahr vor, die Müllsäcke unaufgefordert zum Container zu tragen. Die gelesenen Zeitungen schön zu bündeln. Alle Briefe sofort zu beantworten. Und herrlich tief zu schlafen, ohne Albe. Natürlich scheitere auch ich immer erneut.

Dabei erfüllt sich manch anderen durchaus, was sie sich vornehmen. George W. Bush zum Beispiel schwor sich über Jahrzehnte hin, einmal Präsident der Vereinigten Staaten und blitzgescheit zu werden. Jetzt kann er den einen guten Vorsatz bereits abhaken. Gerhard Schröder ging, nach eigenem Bekunden, Silvester für Silvester vors Kanzleramt, jahrelang, und flüsterte: »Da will ich rein!« Jetzt, wo er im Kanzleramt drin feiert, sagt er: »Da will ich drinbleiben!« Er hat lernen müssen, dass die Reise zum Ziel meist einfacher als das Angekommensein ist.

Unsere Vorsätze werden uns von jener Instanz eingeflüstert, die – eine oft unangenehme Lebensbegleiterin – beim Jahreswechsel besonders aktiv wird und uns auch sonst übers Jahr hin sagt, was Recht und was Unrecht ist. Sie stachelt uns zu manch Gutem und viel Blödem an. Manche nennen sie das Gewissen. Sigmund Freud, der ihr einen andern Namen gab, hinterließ uns immerhin den an Silvester besonders wertvollen Tipp, dass sie in Alkohol löslich sei.

Vielleicht sollten wir uns an Silvester eher etwas wünschen, statt, gelöbnisartig, uns mit idealen Aufgaben zu beschweren. Wünsche scheinen aus einer liebenswürdigeren Quelle zu kommen. Es soll sogar eine Zeit gegeben haben, da das Wünschen noch ganz wirklich half. Man wünschte etwas, und es geschah. Ganz zu Beginn durften die Wünsche riesig sein. Man rief: »Es werde Licht!«, und es ward Licht. Das ist aber schon lange her. So große Wünsche können nur Wirklichkeit werden, wenn man sehr allein auf Erden ist, um nicht zu sagen, im All. Je mehr andere Mitwünschende um uns herum sind, desto geringer sind unsere Chancen, unsern Wunsch Fleisch und Blut werden zu lassen. Unser Nachbar will nämlich etwas ganz anderes, und ein Dritter kommt auch gleich diesem Nachbarn in die Quere. Jeder wünscht die Wünsche des andern kaputt. Weil wir so viele sind, mit so vielen Wünschen, werden unsere Gebete nicht mehr erhört. Das Wünschen hilft nicht mehr, heute. Die letzten, die einen Wunsch frei hatten – nein, sogar drei Wünsche –, waren jener Mann und jene Frau, die als erstes eine Wurst wollten (Frau), dann die Wurst an die Nase der Frau (Mann) und schließlich die Wurst wieder weg (beide). Das war zu den Zeiten der Brüder Grimm, so um 1806 herum. Seither haben nicht einmal mehr die Deppen einen Wunsch frei.

Dabei gäbe es so viel zu wünschen: Friede auf Erden, und Ihnen und mir ein Wohlgefallen. Dass kein Vogel mehr vom Himmel falle, der letzte seiner Gattung. Dass es keinen Schmerz mehr gäbe, kein Leiden; den Tod aber schon. Und natürlich, dass die

Müllsäcke von allein in den Container gingen, die Zeitungen sich von alleine bündelten und ich alle Briefe auf der Stelle beantwortete. Und dass wir alle herrlich tief schlafen können.

W. Somerset Maugham
Selbsttäuschung

Beides ist schwierig: die Lebensweise nach den Grundsätzen auszurichten oder die Grundsätze nach der Lebensweise. Die meisten Leute handeln anders, als sie predigen. Wenn man ihnen diese Tatsache klarmacht, erklären sie, dass die Schuld in ihrer Schwäche liege und dass sie gerne ihren Grundsätzen entsprechend handeln würden. Das ist Selbsttäuschung. Die Menschen handeln ihren Neigungen entsprechend und machen sich Grundsätze zu eigen, die häufig nicht damit harmonieren; daraus entstehen Unbehagen und Wankelmut. Doch wenn sie sich dazu zwingen, ihren Grundsätzen entsprechend zu handeln und ihre Neigungen zu unterdrücken, besteht keine Hoffnung mehr für sie – außer im Himmel.

Gescheit gedacht und dumm gehandelt,
so bin ich meine Tage durchs Leben gewandelt.
Franz Grillparzer

Johann Wilhelm Ludwig Gleim

Vorsatz

Den flüchtigen Tagen
Wehrt keine Gewalt;
Die Räder am Wagen
Entflieh'n nicht so bald.
Wie Blitze verfliegen,
So sind sie dahin,
Ich will mich vergnügen,
So lang' ich noch bin!

Die Natur ist stärker als die Vorsätze.

Theodor Fontane

Joey Goebel

Wie ich jedes Jahr aufs Neue vorsätzlich scheitere

In einem Jahr wollte ich mehr Sport treiben.

Vielleicht fühle ich mich deshalb immer so scheußlich, dachte ich. Ich trieb keinen Sport. Als Kind hatte ich mich nicht scheußlich gefühlt, und damals riss ich mir bei Sport und Spiel im Garten hinterm Haus den kleinen Arsch auf. Da ich keine Ahnung hatte, wie man sich mit den Kindern aus der Nachbarschaft anfreundete (wie stellte man überhaupt Kontakt zu ihnen her?), musste ich meine Phantasie bemühen. Ich tat, als wäre ich zwei Basketballmannschaften, die sich aus meinen Lieblingsspielern zusammensetzten, spielte mir selbst den Ball zu, verlor den Ball an mich und so weiter. Durch das hektische Herumwirbeln meiner mageren Extremitäten war es ein intensives Training, zehn schwarze Männer auf einmal zu sein.

In jüngeren Jahren tat ich außerdem einiges für meine Fitness, indem ich auf meinem neongrünen Rad herumfuhr, das ich aus unerfindlichen Gründen »Sweet Honesty« nannte. Ich fuhr auf dem Ding durch alle Vororte. Zuerst war mein Ziel, mich zu verirren, weil ich glaubte, das müsse aufregend sein. Aber da ich das Fahrradfahren erst ungewöhnlich spät in meiner Jugend erlernte, hatte sich der Teil meines Gehirns, in dem das Orientierungsvermögen saß, schon so weit entwickelt, dass ich mich nicht mehr verirren konnte.

In den letzten zehn Jahren versuchte ich nun, mich durchs Schreiben zu verirren, wovon ich unglaublich kräftige Finger bekam. Doch der Rest meiner Wenigkeit brauchte ein wenig Action. Deshalb fasste ich am 1. Januar 2005 den Vorsatz, an fünf Tagen in der Woche jeweils eine halbe Stunde Sport zu treiben. Der erbarmungslos kalte Winter in Kentucky ließ nicht zu, dass ich meinem Lieblingssport nachging – lange Spaziergänge zu unternehmen. Stattdessen machte ich auf einem schmalen Stück Teppichboden nicht nur Liegestütze, Sit-ups und Kniebeugen, sondern lief auch auf der Stelle. Das hielt ich eisern bis März durch, wobei ich herausfand, dass es weniger grässlich war, wenn ich dabei Musik hörte. Schließlich beschloss ich, meinen Trainingsplan durch Gewichtheben zu ergänzen. Vielleicht konnte ich mich zu einem muskelbepackten Profi-Wrestler aufbauen, dachte ich. Wenn ich dann zu anderen Leuten freundlich war, bekäme das eine ganz neue Qualität. Die Leute würden sagen: »Schau dir mal den an, sieht aus wie ein total harter Bursche, ist aber ein echt lieber Kerl.« Mir gefiel die Vorstellung, andere zu überraschen, ihre Vorurteile zu widerlegen (genau darum geht es in meinem ersten Roman *Freaks*). Natürlich besaß ich keine Gewichte, deshalb füllte ich einen leeren Katzenstreubehälter aus Plastik mit Steinen. Bestimmt kam ich mir dadurch gesünder vor, sonst hätte ich nicht zehn Minuten täglich damit zugebracht, wegen eines Katzenstreubehälters zu ächzen und zu schwitzen.

Doch im April löste sich mein Vorsatz in Wohlgefallen auf. Ich stellte mein Training ein. (Anzahl der Tage, die mein guter Vorsatz Bestand hatte: vierundneunzig.) Wenigstens riss mich ein lohnendes Ereignis aus meinem Trainingsprogramm: meine erste Auslandsreise. Ich flog nach Zürich, um die ganze Belegschaft bei Diogenes kennenzulernen und einen Auftritt vor den Verlagsvertretern abzuliefern. (Was übrigens eine meiner besten Shows wurde. Anschließend sagte der Verleger Daniel Keel mit seiner unverkennbar leisen, rauen Stimme: »Sie sind sehr witzig. Nicht wie dieser Mann, der die Oscar-Verleihung moderiert, Billy Crystal. Der ist ein Idiot.«) Zurück aus der Schweiz, begann ich mit meinem Masterstudium. Ich machte keine Kniebeugen mehr, und der Katzenstreubehälter blieb ungestemmt. Ziel nicht erreicht. Vorsatz gebrochen.

In einem anderen Jahr nahm ich mir vor, an jedem einzelnen Tag einem Fremden etwas Gutes zu tun.

Das ging auch irgendwie in die Hose.

Ich fasste diesen Vorsatz, weil ich merkte, dass ich egoistisch und meinen Mitmenschen gegenüber achtlos geworden war. All meine Energie steckte ich nun in die hektische Jagd nach meinen Träumen. Das war im Jahr 2007, als sich bei mir neun von zehn Gedanken um das Manuskript meines späteren Romans *Heartland* drehten. Ich hatte zwar immer noch ein Lächeln für jeden übrig, dem ich in meiner Kleinstadt begegnete, doch gewöhnlich lächelte ich nur aus einer gewissen Nervosität heraus.

Zu Beginn des Winters in jenem Jahr hatten Fremde im Vorbeifahren bemerkt, dass ich mit meinem Wagen im Schnee feststeckte, und waren rechts rangefahren, um mir zu helfen, ihn wieder freizubekommen. Ich dankte ihnen überschwenglich und ging mit mir ins Gericht. Wann hast *du* das letzte Mal so etwas gemacht, Joey?, dachte ich im Stillen. Die Figuren in meinen Büchern – diese idealistischen Träumer – taten anderen Leuten viel mehr Gutes als ich.

Diesen Vorsatz umzusetzen, war zunächst ganz einfach. Ich schrieb ausführliche, wohlüberlegte, sogar aufmunternde Antworten auf E-Mails von Lesern (Deutsche, Schweizer, Österreicher, zwei oder drei Amerikaner). Ich überlegte mir, wie ich einer Person Komplimente machen konnte, die einen undankbaren Job hatte, beispielsweise sagte ich zu der Kassiererin im Supermarkt: »Wow, das sind echt geile Fingernägel. Meine Frau fände die total scharf.« (Mit dem zweiten Spruch machte ich klar, dass das keine Anmache war.) Es gab auch noch andere, einfachere Möglichkeiten: besonders großzügige Trinkgelder für erschöpfte Kellner, bei starkem Straßenverkehr Autos in meine Spur lassen – eigentlich das, was jeder anständige Mensch tun würde.

Zu einer der weniger einfachen Taten kam es, als ein stark übergewichtiger Mann hinter einem Henderson-Rapid-Area-Transit-Bus herlief. »Der Busfahrer hat mich gesehen, eindeutig«, sagte er, während er vergeblich um Atem rang. »Das macht er bei mir nicht zum ersten Mal.«

»So ein Arschloch. Darf ich Sie mitnehmen?«

Auf dem Weg zu seinem Ziel, dem Sozialamt, unterhielten wir uns darüber, wie unmenschlich der Mensch mit seinen Mitmenschen umsprang, und er bedankte sich mindestens zehn Mal überschwenglich.

Eines Tages sah ich dann durch das Fenster meines Arbeitszimmers eine perfekte Gelegenheit für eine gute Tat. Das Auto eines jungen Paars war direkt neben unserem Haus abgesoffen. Ich ging raus und fragte einfach: »Kann ich Ihnen helfen?«, und zwar einen Mann, dem man – um es möglichst nett zu formulieren – wahrscheinlich nicht allzu oft Komplimente über sein Aussehen machte.

»Nein«, antwortete er energisch, ja sogar abwehrend. »Wir fahren gleich weiter.«

Was sollte das denn? »Sie dürfen gern mein Telefon benutzen, falls Sie jemanden anrufen müssen.«

Mich trafen nur verständnislose Blicke von ihm und seiner Begleiterin, die aussah, als würde sie nicht nur in einem illegalen Drogenlabor arbeiten, sondern als wäre sie vielleicht sogar in einem entstanden.

Zurück im Haus wurde mir klar, was offenbar geschehen war. Obwohl ich es ganz ehrlich gemeint hatte, missverstand er mein »Kann ich Ihnen helfen?« als Vorwurf, beziehungsweise als die Sorte »Kann ich Ihnen helfen?«, die ein Supermarktverkäufer zu einem jungen Mann sagen würde, den er des Ladendiebstahls verdächtigte. Der Typ hatte gehört: »Kann ich Ihnen helfen? Denn wenn Sie meine Hilfe nicht brauchen, verschwinden Sie sofort von meinem Grundstück.« Meiner Ansicht nach sollte Amerikas nationaler Leitspruch »Verschwinden Sie sofort von meinem Grundstück!« lauten.

Auch andere gute Taten von mir gingen hier und da nach hinten los, da heutzutage jede Liebenswürdigkeit so selten geworden war, dass sich zwangsläufig ein Schwindel oder irgendeine Abartigkeit dahinter verbergen musste. Ich merkte rasch, dass Kinder tabu waren (»Jordan, komm *sofort* her, auf der Stelle« gefolgt von einem misstrauischen Blick.) Doch am schlimmsten war, dass mein Vorsatz, der mich zwang, mit meinen lieben Mitmenschen zu interagieren, mir schließlich zeigte, wie unangenehm und mies der Mensch sein kann. Ich ließ diesen Vorsatz auf dem Parkplatz eines Videoladens sausen, wo eine Frau mittleren Alters neben einem Auto mit offener Motorhaube stand und mit ihrem Handy telefonierte. Ich kenne mich zwar mit Autos nicht besonders gut aus, weiß aber, wie man Starthilfe gibt. Daher ging ich mit meiner komischen Frisur und meinem Clash-T-Shirt auf sie zu und fragte, obwohl sie mich bereits böse musterte: »Will er nicht starten?«

»Hä?«

»Soll ich Ihnen Starthilfe geben?«

»Nä.«

»Na schön.« Ich wollte schon gehen, drehte mich aber noch mal rasch herum und sagte: »Das war aber ein nettes Angebot von mir.«

»Hä?«

»Sie hätten wenigstens ›Trotzdem danke sehr‹ sagen können.«

»Ich hab dich nicht um Hilfe gebeten, du Arsch.«

Kopfschüttelnd stieg ich wieder in meinen Wagen, fuhr weg und konnte sie immer noch brüllen hören, allerdings schien sich ihr Wortschatz mittlerweile auf das letzte geniale Wort zu reduzieren.

(Anzahl der Tage, die dieser Vorsatz Bestand hatte: dreiundvierzig.)

Diese Sorte guter Vorsätze hätte vielleicht noch vor sechzig Jahren funktioniert, aber nicht in einer Zeit, wo der Vater eines jungen Eishockeyspielers den Vater eines anderen jungen Eishockeyspielers brutal zu Tode prügelt, weil die Mannschaft seines Sohns verloren hat, oder wo eine Frau den Schoß einer Schwangeren aufschneidet, um ihr Baby zu stehlen. Wenigstens hatte ich es probiert.

In einem anderen Jahr nahm ich mir vor, mich gesünder zu ernähren, ein Neujahrsklassiker. (Anzahl der Tage, die dieser Vorsatz hielt: zwanzig.)

In einem weiteren Jahr wollte ich mich jeden Tag dreißig Minuten der Verwirklichung meiner Träume widmen, da ich auf dem College Überstunden machte und dabei das Gefühl hatte, dass mir meine Träume entglitten. (Anzahl der Tage, die dieser Vorsatz hielt: acht.)

Und in noch einem anderen Jahr wollte ich aufhören zu fluchen. (Zwei Stunden. Ich regte mich auf, als ich im Fernsehen sah, wie Rihanna vor einer riesigen Menschenmenge auf dem Times Square auftrat.)

Ich bin sicherlich nicht der erste Schriftsteller, dem aufgefallen ist, dass gute Vorsätze zum neuen Jahr im Grunde nur bedeuten, dass man sich am ersten Januar auf ein Scheitern einstellt, das nur wenig später im selben Jahr auch eintritt. Es ist ein von vornherein sinnloses Unternehmen, eine Sisyphosarbeit, eine gutgemeinte Selbstquälerei zum Jahresauftakt. Von dem Kind, das gelobt, nicht mehr in der Nase zu bohren, bis zu der Oma, die schwört, in diesem Jahr werde sie endlich anfangen, im Internet zu surfen, ist der gute Vorsatz zum neuen Jahr ein von uns selbst geschaffener unschlagbarer Gegner.

Apropos geschaffen: Wer meine Romane gelesen hat, weiß, dass ich grundsätzlich zum Defätismus neige. Alle meine Romane enden damit, dass die Hauptfigur irgendwie scheitert. Stimmt, zum Trost lasse ich den Helden meist wenigstens geistig irgendwie triumphieren, doch ganz egal wie entschlossen er gegen welche Institution oder Macht auch immer angeht, letztlich zieht er, das Individuum, unweigerlich den Kürzeren.

Und doch mag ich dieses Ritual mit den guten Vorsätzen zum neuen Jahr und lasse mich jedes Jahr wieder darauf ein. Im Grunde wollen wir damit ja nur ausdrücken: »Ich werde versuchen, dieses Jahr ein bisschen besser zu werden.« Es ist eine der menschlichsten unserer modernen Traditionen, denn nur einem Menschen würde einfallen, willentlich auf etwas zu verzichten, niemals jedoch einem Pferd, einer Katze oder einem Wombat, es sei denn, sie würden von einem Menschen dazu gezwungen. Falls die Götter uns bei unseren Bemühungen zusehen, unsere guten Vorsätze einzuhalten, sagen sie vermutlich: »Sind sie nicht putzig?«

Ähnlich wie ich durch das Fenster, hinter dem ich tippe, häufig putzige kleine Eichhörnchen im Garten herumspringen sehe. Draußen habe ich ein Vogelhäuschen an einen Baumast gehängt, und die Eichhörnchen versuchen, an das Vogelfutter in dessen Inneren zu gelangen. Zu ihrem Pech habe ich das Vogelhäuschen an einer Stelle angebracht, an die sie nur schwer gelangen, und selbst wenn sie es schaffen, sind die Löcher für Vogelschnäbel gebaut, so dass Eichhörnchen unmöglich an das Futter kommen.

Ihr Ziel ist unerreichbar.

Und doch versuchen sie es immer wieder.

Es ist putzig.

So sinnlos sie auch sind, haben gute Vorsätze zum neuen Jahr doch einen Wert, weil sie dem hilflosen Menschen eine Gelegenheit bieten, einem gleichgültigen Kosmos zu demonstrieren: Hallo, mich gibt's noch, und ich *versuch's* immer noch.

Was mich zu dem erfolgreichsten Vorsatz bringt, den ich jemals an einem Neujahrstag fasste:

1. Januar 2009: Ich werde aufhören zu trinken.

Ich finde es lustig, dass so viele Leute das neue Jahr verkatert beginnen. Ich sollte aber nicht auf die fehlerhafte Logik von Alkoholtrinkern hinweisen. Zahlreiche Flaschen haben das Vergnügen gehabt, auch mir Logik, Vernunft und den gesunden Menschenverstand zu entziehen. Darauf bin ich überhaupt nicht stolz, und ehe ich fortfahre, möchte ich meinen jüngeren Lesern mit aller Deutlichkeit klarmachen, dass ich absolut nicht cool wirken will, wenn ich vom Trinken schreibe. Vielmehr setze ich im Gegenteil alles daran, um nicht cool zu sein, und letztlich bin ich zu dem Urteil gelangt, dass Alkohol Gift ist. Doch ist mein Vorsatz, mit dem Trinken aufzuhören, weit wichtiger (und unterhaltsamer), als beispielsweise der, künftig regelmäßig Zahnseide zu verwenden.

Meinen erste Schwips hatte ich mit fünfzehn, und zwar im Turoni's, einer alten Pizzeria in der Innenstadt von Evansville, Indiana. Das Bier hatte sich meine Mom bestellt, was sie nur selten machte, doch Turoni's braute das Bier selbst, und Mom war neugierig. Ich weiß nicht mehr, warum wir nur zu zweit dort waren, nehme aber an, dass ich sie zu einem Arzttermin begleitet hatte, weil Anfang des Jahres ein netter Fremder Mom und meine vierundneunzigjährige Großmutter auf dem Krankenhausparkplatz überfallen hatte. Während wir auf unsere Pizza warteten, erzählte ich meiner Mom, wie nervös ich wegen des bevorstehenden ersten Auftritts meiner Band war, und sie sagte: »Oh, das hör ich aber gar nicht gern, dass du nervös bist. Hier, trink einen Schluck Bier.« Bei einem Körpergewicht von 52 Kilo und auf nüchternem Magen dauerte es nicht lange, bis ich etwas spürte.

»Wow«, sagte ich. »Soll das heißen, so etwas steht mir jetzt mein Leben lang zur Verfügung?«

Sie lachte. Mom war recht locker, was Trinken anging, weil sie glaubte, das würde dem Alkohol die Aura der verbotenen Frucht nehmen. Dieser Ansatz – jedenfalls sagte man mir das – hat in Deutschland gut funktioniert, wo die Jugendlichen langsam und schrittweise an die Trinkkultur herangeführt werden, im Gegensatz zu den USA, wo das Mindestalter für den Alkoholkonsum Teenager dazu bringt, es zu umgehen und schlimme, tragische Komasäufer zu werden.

Auch hatte Mom nichts dagegen, dass ich zu Hause trank, weil es ihr lieber war, wenn ich das unter ihrem Dach tat statt Gott weiß wo, um anschließend auf irgendeiner Landstraße einen Unfall zu bauen. Im Grunde funktionierte ihre Methode. Als Zehnt- und Elftklässler trank ich nur selten Bier, und erst kurz vor Ende der Highschool begann ich, härtere Sachen zu trinken, um an den Wochenenden betrunken zu werden. Verglichen mit den meisten meiner Mitschüler war das recht zivil.

Nach der Highschool wurde es nach und nach weniger zivil. Was das oben angedeutete Risiko betrifft, in die Rolle des coolen betrunkenen jungen Schriftsteller-Deppen zu schlüpfen, so fasse ich meine restliche Trinkerhistorie zusammen, indem ich sie Ihnen gläschenweise serviere:

Spaß, wie ich ihn nie gekannt hatte. Endlich keine Nervosität mehr. Schüchternheit wie weggeblasen. Angstfrei in Gegenwart von Mädchen. Das Gefühl, alles sei möglich.

Verlegenheit war durchaus möglich. Beschämung trat häufig auf. Entschuldigende Telefonate am nächsten Tag dito. Die hartnäckige Empfindung, dass »ich mich jetzt gerade vielleicht besser amüsieren könnte, wenn ich etwas trinken würde«. Die unterschiedlichsten Beinahe-Katastrophen. Den einen oder anderen Filmriss. Unrettbar kaputte Beziehungen. Alles mit Kotze zusammengeklebt. Und das in nur einer Woche!

Jetzt mal ernsthaft, ich pflege eine wirklich komplizierte Hassliebe zum Alkohol.

Ich liebe Alkohol, weil ich mich nur, wenn ich trinke, als echter Optimist fühle.

Ich hasse Alkohol, weil ich bezeugen kann, dass er wahrhaftig Leben zerstört.

Ich liebe ihn, weil er zu Feiern gehört, wie auf der mit meiner Familie 2003 im Duck Inn. Ich trank ein paar Bourbon – Maker's Mark – mit Wasser, weil eine bekannte Produzentin angerufen und gesagt hatte, sie sei ein Fan meines Erstlingsromans und werde auf jeden Fall die Filmrechte kaufen.

Ich hasse ihn, weil er mit Verwüstung einhergeht, so wie 2004, als ich allein zu Hause war und Old-English-Starkbier aus Literdosen trank, weil dieselbe Produzentin mir gesagt hatte, sie sei schwanger und werde ihre Karriere dauerhaft auf Eis legen.

Ich liebe ihn, weil ich dank Alkohol komischer sein kann. Als ich beispielsweise im Turoni's gefragt wurde, wie es sich anfühle, einundzwanzig zu sein, antwortete ich ohne mit der Wimper zu zucken: »Keine Ahnung, aber ich habe dafür einundzwanzig Jahre gebraucht.«

Ich hasse ihn, weil er mich zu blöden und peinlichen Witzen animiert. Bei einem meiner ersten Interviews als Schriftsteller hielt ich es beispielsweise für eine gute Idee, vorher möglichst viele Miller Lite in mich hineinzuschütten. Alles lief gut, bis der Journalist fragte, warum ich eigentlich keinen Agenten hätte. Worauf mir nichts Blöderes einfiel als zu antworten: »Mich hat mal einer angerufen und mir angeboten, mich zu vertreten, doch dafür müsse ich ihn in einem Baseballstadion in Dallas treffen. Ich flog nach Dallas, traf ihn, und da sagte er: ›Also, Sie haben zwei Möglichkeiten. Entweder Sie unterschreiben diesen Vertrag, dann nehme ich Ihr Geld und schicke es einer karitativen Stiftung in Paraguay. Oder Sie unterschreiben ihn *nicht*, dann ficke ich Sie in den Arsch.‹ Auf die Frage, um was für eine Stiftung es sich handle, antwortete er: ›Eine, die alten Männern hilft, wenn sie deprimiert sind.‹« Da merkte er, dass ich mich über ihn lustig machte, unterbrach mich und machte mit der nächsten Frage weiter (die wahrscheinlich lautete: »Warum leben Sie in Kentucky?«). Gott, war das komisch! Doch ich sollte auch erwähnen, dass dieses Interview nie veröffentlicht wurde.

Vor dem Hintergrund, dass diese Hassliebe mit unserem ersten Kuss 1996 im Turoni's begann, fragt man sich vielleicht: Was brachte mich 2008 dazu, »Genug« zu sagen? Nein, ich war und bin kein Alkoholiker. Doch ich versichere Ihnen, dass mich äußerst wichtige private Gründe dazu bewogen haben, *komplett* aufzuhören. Ich habe diese Entscheidung nicht nur im Hinblick auf mein eigenes Wohlergehen getroffen, sondern auch wegen des Wohlergehens mir nahestehender Menschen. Mit anderen Worten, es stand viel, viel mehr auf dem Spiel als nur eine Zahnfleischentzündung. Wenn Sie *unbedingt* wissen wollen, ob es einen speziellen Grund für meine Entscheidung gab, so war es ein Ereignis in der Woche zwischen Weihnachten und Neujahr (immer eine schwierige Woche), als ich nach dem Auftritt der Band eines Freundes betrunken bei Denny's saß, einem klassischen amerikanischen Diner, der die ganze Nacht geöffnet ist. Entsprechend ist er bei Leuten aus der Rockmusikszene beliebt, die nach dem Auftritt noch irgendwohin gehen wollen, ganz zu schweigen von Arbeitern nach der Spätschicht, chronisch Schlaflosen und diesen schrägen Vögeln, die nur zu bizarren Uhrzeiten in der Öffentlichkeit auftauchen. Es war nicht besonders spät – gegen Mitternacht, schätze ich –, und in dieser Nacht war bei Denny's ungewöhnlich viel los.

Ja, es stimmt, ich war in der Öffentlichkeit betrunken (also »drunk in public«, oder wie es die Punkband NOFX nannte, »punk in drublic«). Meine Frau und ich gingen nur selten abends aus; normalerweise verbrachten wir lieber ruhige, herrlich langweilige Abende zu Hause und sahen uns Filme an. Doch da wir das Haus schon mal verlassen hatten, wollte ich das wohl auskosten, und ich betrank mich auf dem Konzert. Im Diner sagte ich dann: »Hey, hör zu. Lass uns überlegen, was die schlimmsten Anmachsprüche aller Zeiten sind, und die sag ich dann der Kellnerin.« Meine Frau, die meine Idee saukomisch fand, machte mit, und die arme, verhärmte ältere Kellnerin musste nun einen nach dem anderen meiner frechen Sprüche über sich ergehen lassen, von »Sag mal, Baby, ich wüsste zu gern, was dein Lieblingsraubvogel ist?« über »Welcher Religion gehörst du an?« bis zu dem mit Abstand schlimmsten: »Hoffentlich nimmst du die Pille, denn du wirst sie brauchen. Es sei denn, du möchtest in neun Monaten das Kind eines umwerfenden Typen zur Welt bringen.« Die Kellnerin, die bald merkte, was los war, machte gute Miene zum peinlichen Spiel. Bis das Ganze dann eskalierte.

Es ist erstaunlich, welch abwegige Aktionen man gut findet, wenn man betrunken ist. In dieser Nacht hatte ich die »gute Idee«, aus unserer Nische zu rutschen und durch die Pendeltüren schnurstracks in die Küche zu marschieren. Die Köche und Kellner betrachteten mich verdutzt. So etwas machte man einfach nicht. Ein Restaurantgast spaziert einfach nicht in die Küche. Doch da stand ich und starrte zurück.

»Ich wollte bloß fragen, ob ihr hier Hilfe braucht.«

Sie kicherten, während unsere Kellnerin mich zurück in den Gastraum scheuchte.

Als wir endlich gegessen hatten, gaben wir der Kellnerin eines der großzügigsten Trinkgelder unseres Lebens, und selbst ich war noch vernünftig genug, mich zu entschuldigen.

»Ist schon in Ordnung, Leute«, sagte sie. »Sie sind nicht der Erste, mit dem ich hier fertigwerden muss. Aber sehen Sie den Mann dort drüben?« Ein älterer Herr mit Schnurrbart saß vor einer Tasse Kaffee und las Zeitung. »Das ist ein Polizist außer Dienst. Ich habe schon ein paarmal erlebt, dass er jemand mit auf die Wache genommen hat. Ihr habt echt Glück, dass er heute so gute Laune hat.«

Wir entschuldigten uns noch einmal. An der Tür kam mir noch eine »gute Idee«, und ich drehte mich um und rief in den Raum: »Meine Damen und Herren, hoffentlich hat Ihre Freude heute Abend durch mich nicht gelitten.«

Meine Frau zerrte mich zur Tür hinaus, ehe die anderen Gäste reagieren konnten.

Es waren also Erlebnisse dieser Art (die mich durchaus wegen Trunkenheit in der Öffentlichkeit hinter Gitter hätten bringen können) samt einiger anderer Dinge (die es verdient hätten, in eigenen Texten geschildert zu werden), die mich zu der Entscheidung bewogen, keinen Alkohol mehr zu trinken.

Im Lauf des Januars wurde mir schnell klar, dass es mir überhaupt nicht schwerfiel, an meinem guten Vorsatz festzuhalten. Ja, ich genoss es regelrecht, dieses ganze Elend hinter mir zu lassen. Bei den wenigen Gelegenheiten, wenn meine Frau und ich abends ausgingen, fühlte es sich toll an, dass man nicht wegen Alkohols am Steuer erwischt werden konnte. Wenn wir auf dem Heimweg sorgenfrei Polizeiwagen passierten, sagte ich: »Na los, winkt mich doch rechts ran. Euer Promilletester wird sich bei mir entschuldigen müssen.«

Doch irgendwann wurde mein guter Vorsatz auf die Probe gestellt. Zufällig musste ich wegen diverser Lesungen und Interviews sowie einem Literaturfestival im selben Jahr drei Mal nach Europa fliegen. Die erste Reise führte mich nach Paris – wo natürlich niemand auf die Idee käme, das Leuchten dieser Stadt der Lichter mit einem Glas Wein zu verstärken. Die zweite Reise ging nach Rumänien, wo der Legende zufolge Dionysos zur Welt kam, der Gott der Nüchternheit, wenn ich mich nicht irre. Die dritte war eine Lesereise durch Deutschland und die Schweiz, zwei Länder, in denen die Trinkkultur bekanntlich nur eine untergeordnete Rolle spielt, wenn überhaupt.

66-75. Tag: Paris

Ich fuhr also nach Paris, um für die französische Ausgabe von *Freaks* zu werben. Letztlich setzte die Stadt meine (mit einem ähnlichen Vorsatz befasste) Frau und mich so unter Strom, dass wir gar keinen Alkohol benötigten. Es war unser erster Parisaufenthalt, und wir fühlten uns wie kleine Kinder. Wir liefen durch den Jardin du Luxembourg, wo wir über Männer lachten, die unserer Ansicht nach Yoga machten. Wir schlenderten durch den Louvre, in Begleitung meiner Schweizer Lektorin Anna von Planta, die den Babysitter spielte. Und meine Frau fotografierte mich dabei, wie ich den Eiffelturm besprang.

Möglicherweise täte dem letzten Satz eine Erklärung gut. Glücklicherweise wird in diesem Exkurs etwas deutlich: dass ich mich amüsieren kann, ohne zu trinken, und dass ich mich danach sehne, wieder das kleine Kind zu werden, das nicht weiß, wie es sich anfühlt, einen in der Krone zu haben. Dass ich 2009 diesen Spaß im nüchternen Zustand wiederentdeckte, half mir, an meinem Vorsatz festzuhalten. Jedenfalls entwickelten meine Frau und ich eine Tradition weiter, die auf unserer Hochzeitsreise nach New York begonnen hatte (eine großartige Stadt, die nur durch ihre Bewohner verdorben wird). Als wir bei Tiffany vorbeigingen, hatte ich eine Idee. Ich weiß nicht genau, woher diese Idee stammte. Vielleicht kam sie daher, dass ich ein großer Fan von *Frühstück bei Tiffany* war, vielleicht aber auch daher, dass ich Audrey Hepburn mag. Jedenfalls sagte ich zu Micah: »Hey, mach doch ein Foto von mir, wie ich gerade das Tiffany-Gebäude bespringe.« Sie lachte und war einverstanden, das Foto zu schießen, und weil es in New York war, merkte es natürlich niemand. Später besprang ich die Mutter aller Wahrzeichen, die Freiheitsstatue, was ein solcher Nervenkitzel war, dass einem anschließend alle anderen New Yorker Wahrzeichen belanglos vorkamen, auch wenn wir weiter die Augen nach Donald Trump offenhielten.

Zwar stand die Freiheitsstatue ganz oben auf meiner Liste der »zu bespringenden Wahrzeichen«, doch der Eiffelturm kam dicht dahinter auf Platz zwei. Wie Lady Liberty stand auch der Eiffelturm auf einem mächtigen Steinsockel, daher entschied ich mich für eine Ecke des Sockels, nahm die obszöne Stellung ein, und Micah knipste das Foto. Dann knöpfte ich mir die Kathedrale Notre-Dame vor. Ich hoffe, eines Tages Stonehenge und die Pyramiden von Gizeh in mein Album kleben zu können.

Offensichtlich brauchten wir keinen Alkohol, um das Leben zu genießen. Nur mit einem Problem sah ich mich in Paris konfrontiert: die Essen – sprich, die schier endlosen Geschäftsessen, auf denen ich Perrier nippte, während alle anderen Wein in sich hineinschütteten.

Verstehen sie mich bitte nicht falsch; was die Mahlzeiten angeht, machen die Europäer alles richtig. Wie ich heute weiß, sind Mahlzeiten in Europa *Ereignisse*. Ob geschäftlich oder privat, oft verbringt man Stunden bei Tisch. Gewöhnlich bleibt man noch eine Stunde oder länger, nachdem die letzten Teller abgeräumt wurden. Aber Wein und/oder Spirituosen bleiben auf dem Tisch stehen. In Amerika beschränkt sich ein vergleichbares Essen normalerweise auf Salat, Hauptgericht und dann heißt es »Die Rechnung, bitte«, weil wir es immer so eilig haben, wieder nach Hause zu kommen, um an unseren Schusswaffen herumzufummeln.

Da war ich nun und sah zu, wie sich zahlreiche Flaschen in die Münder von Lektoren und Journalisten leerten, und während der Alkohol sein Werk verrichtete, schien jeder Schluck Wein fünftausend Wörter zu enthalten, die jeder Anwesende über den Tisch schicken wollte. Meine Wörter hingegen steckten in mir fest, während ich mein Gähnen unterdrückte, das ich dem Jetlag verdankte. Nach etwa dreieinhalb Stunde beäugte ich den Wein und überlegte, mir doch ein Glas zu genehmigen, wusste aber, in diesem Zustand würde er mich nur noch schläfriger machen. Als das Essen schließlich vorbei war, fragte mich draußen vor dem Restaurant ein Journalist, ob ich eine Zigarette rauchen wolle. Als ich verneinte, sagte er: »Verdammt. Sie trinken nicht. Sie rauchen nicht. Sie sind der neue Jesus Christus.« Ich raffte mich zu einer schwachen Antwort auf. (»Manchmal beschleicht mich auch so ein Gefühl.«) Auf der Taxifahrt ins Hotel fiel mir ein, dass selbst Jesus Alkohol getrunken hat. Teufel auch, er hat sogar Wasser in Wein verwandelt. Wenn er ihn mir vorgesetzt hätte, hätte ich wohl sagen müssen: »Äh, ich sag das nur ungern, Christus, aber könntest du meinen Wein bitte wieder in Wasser zurückverwandeln?«

Zum ersten Mal in diesem Jahr musste ich zugeben: Mir fehlte das Trinken. Doch schließlich verließ ich Paris, ohne meinen Vorsatz gebrochen zu haben. Doch wenn es darum ging, meinen Vorsatz auf die Probe zu stellen, so war Paris, als liefe man zehn Minuten lang auf der Stelle. Rumänien war ein Zehnkampf.

161.-168. Tag: Bukarest und das Schwarze Meer

Die rumänischen Übersetzungen von *Freaks* und *Vincent* verkauften sich gut, jedenfalls für Nicht-Mainstream-Romane. Bemerkenswerterweise entschied sich die rumänische Schriftstellergewerkschaft, ihren Festival-Preis einem vielversprechenden jungen Schriftsteller aus Kentucky zu verleihen. Man lud mich zu dem internationalen Festival ›Tage und Nächte der Literatur‹ ein. Wieder nahm ich meine Frau mit, was gut war, denn ich an ihrer Stelle wäre nicht begeistert darüber gewesen, die erste Preisverleihung an ihren Gatten zu verpassen.

Die rumänische Ausgabe der Zeitschrift *Elle* hatte *Freaks* zum Auswahlroman ihres Buchclubs bestimmt. Allein das überstieg schon mein Vorstellungsvermögen und sagt eine Menge über den Unterschied zwischen den USA und Europa. Ich bezweifle, dass die amerikanische Ausgabe von *Elle* auch nur einen einzigen Absatz der Literatur widmet (um nur ja keinen wertvollen, den Kardashian-Schwestern vorbehaltenen Platz zu vergeuden), und wenn dort überhaupt ein Buch erwähnt wird, dann müsste es von einem bescheuerten Vampir, Gespenst oder Werwolf handeln. Und jetzt stand ich im Zentrum der Aufmerksamkeit der Buchclubveranstaltung von *Elle* in Bukarest! Wie Sie vermutlich wissen, besteht die Mehrheit der Leserschaft von *Elle* nicht aus älteren Männern. Folglich umringten mich hunderte von kultivierten jungen Rumäninnen, die alle meinen Roman gelesen hatten, und meine Frau passte auf, dass sie mich nicht vor lauter Liebe erdrückten.

Natürlich gab es Alkohol, und ich hätte gern welchen getrunken. Dies war eine der seltsameren Buchveranstaltungen, und ich war nervös. Ich sah mich in dem Möbelgeschäft um, während die Frauen mich beobachteten – habe ich erwähnt, dass die Veranstaltung aus mir unerfindlichen Gründen in einem Möbelgeschäft stattfand? -, und ich dachte, das wird entweder großartig oder grauenhaft. Dann tauchten eine Reporterin und ein Kameramann auf. Wieder verblüffte mich Europa. Hielt man hier tatsächlich eine Literaturveranstaltung für *berichtenswert*? In den USA hätte ich drei Touchdowns erzielen oder vier Home Runs schlagen müssen, um auch nur in die Regionalnachrichten zu kommen. Ich wusste also die Publicity zu schätzen, doch anscheinend war die Reporterin unerwartet aufgetaucht und man hatte es plötzlich eilig, mich rechtzeitig live ins Fernsehen zu bringen. Ich war zwar schon live im Fernsehen gewesen, doch das hier war anders. Man würde mir einen Ohrhörer verpassen. Die Frau würde mich auf Rumänisch interviewen, und ich würde die englische Übersetzung im Ohr hören. Als Krönung des Ganzen würde man mich nicht beiseite nehmen. Das Live-Interview sollte vor versammeltem Publikum stattfinden. Als ich das erfuhr, wünschte ich, ich hätte schon im Hotel angefangen zu trinken.

Irgendwie stand ich das Fernsehereignis durch – ohne Alkohol, ohne Beruhigungsmittel, nur meine nüchterne Wenigkeit und meine bezaubernde Frau, die mir mit besorgtem Blick ihre emporgereckten Daumen zeigte. Es lief nicht besonders gut (später sagte man mir, ich hätte verängstigt ausgesehen), weil ich gleichzeitig auf Reporterin und Dolmetscher hören musste und die Lautstärke in meinem Ohrhörer nicht ausreichte. Doch wie ein Politiker konnte ich die Reporterin mit ausweichenden Antworten zufriedenstellen, die eventuell etwas mit ihren Fragen zu tun hatten, und ich brachte sogar noch etwas Subversives unter. Als sie mir philosophische Fragen über das Schriftstellerdasein stellte, sagte ich so etwas wie: »Ich betrachte es als meinen Job. Ich arbeite und werde bezahlt, ganz ähnlich wie ein Bauer oder ein Versicherungsvertreter oder sogar ein Kameramann«, und bei diesen Worten drehte ich mich wohl um, schaute in die Kamera und zeigte auf deren Bediener, was im Fernsehen völlig verpönt ist, wo wir die Illusion zweier Menschen darbieten, die sich ernsthaft miteinander unterhalten wollen.

Ich überstand die Podiumsdiskussion über *Freaks* und die Frage-und-Antworten-Runde mit den Lesern. Beide verliefen erstaunlich gut, und als das alles vorbei war, fühlte ich mich stark genug, so einen Abend ohne chemische Unterstützung überstehen zu können. Es sah ganz so aus, als würde das mein einziger guter Vorsatz werden, der von Erfolg gekrönt war.

Dann ging es weiter ans Schwarze Meer (zufällig nur ein paar Rülpser von der Republik Moldau entfernt, dem Land mit dem weltweit höchsten Alkoholverbrauch pro Kopf). Wir stiegen im Badeort Neptun ab, wo der rumänische Präsident seine Sommer verbringt. Das Festivalprogramm sowie die Pressetermine, die ich für meinen rumänischen Verlag wahrnahm, sorgten für eine der anstrengendsten Wochen meines Lebens, und wieder war der Jetlag nicht unbedingt hilfreich. Abends waren immer alle Schriftsteller – die ethnisch vielfältigste Gruppe, der ich je angehört habe – zu festlichen Banketts eingeladen, die mit *Mămăligă* (ein fester Brei aus Maismehl) begannen und mit Crêpes endeten. Doch das Essen war nur etwas, auf dem man herumkaute, während sie eine rumänische Spezialität namens Zuika tranken – ein Pflaumenschnaps mit einem harmlos weichen Namen, der aber offenbar gewaltig reinhaut, da ich erlebte, wie er Intellektuelle in kürzester Zeit in kichernde Teenager verwandelte. Zuerst reizte er mich gar nicht; ich war zu müde, um mich zu betrinken. (Alle anderen schienen übrigens fit zu sein. Sie wirkten energiegeladen, zu allem bereit. Vermutlich trieben sie Sport.)

Als sich mein Körper aber an die Zeitumstellung gewöhnt hatte, wäre ich nur zu gern schwachgeworden. Abend für Abend, die ganze Woche lang, sprachen die Dichter und Romanciers dem Alkohol zu, und das konnte ich ihnen auch nicht verdenken. Schließlich erwartet man das von Schriftstellern, nicht wahr? Andererseits war ich nur ungern so berechenbar.

Deshalb blieb ich standhaft.

Die Reise nach Rumänien gipfelte in der Preisverleihung, gefolgt von einem letzten bacchantischen Essen, das den Höhepunkt meines Kampfs gegen den Alkohol darstellte. Die Szenerie war wunderschön, wie von einem anderen Stern. Man hatte alle Schriftsteller mit dem Bus in ein Restaurant gekarrt, das direkt am Strand lag; wenn man ins Freie trat, hatte man Sand unter den Füßen. Es war ein Open-Air-Restaurant, wir konnten also gut sehen, wie sich die rosa Sonne über der Lagune senkte, anschließend wurde das Innere des Restaurants lebendig, wo nur Kerzen die hölzernen Wände, Böden und Decken erhellten. Man stelle sich das Dorf der Ewoks im fröhlichen Schlussteil von *Die Rückkehr der Jedi-Ritter* vor, nur am Strand, und statt der Ewoks umgeben einen Schriftsteller aus zwanzig verschiedenen Ländern, die sich alle hingebungsvoll die Kante geben.

Es waren einige der interessantesten Menschen, denen ich je begegnet war, auch ohne dass sie einen Tropfen Schnaps intus hatten. Doch an diesem Abend – o Mann, da waren sie auf einem anderen Planeten (vermutlich Neptun). Um einen Songtext der Dead Milkmen zu zitieren, sie waren »plum dumb«, pflaumenblau. Immer noch in Hochstimmung, weil ich gerade meinen Preis entgegengenommen hatte, machte es mir Spaß, sie zu beobachten. Doch so eine Hochstimmung dauert nicht ewig, und bald wäre ich ihrem Vorbild am liebsten gefolgt. Kurz gesagt: Augenscheinlich amüsierten sie sich köstlich.

Statt uns am Spaß zu beteiligen, bekamen meine Frau und ich nur Freude aus zweiter Hand. Wir wurden von unserem belgischen Freund in seiner Nehru-Jacke unterhalten, der am Strand eine Art asiatischen Kampfsport übte. Ein polnischer Kumpel zwang mich, auf seinem iPod ein Queen-Gitarrensolo anhören, zu dem er schon den ganzen Abend seinen Kopf geschlenkert hatte. Ein älterer Bursche nahm mich beiseite und lallte: »Gratuliere zu deinem Preis. Du bist noch so jung. Eines Tages werden dir schlimme Dinge zustoßen.« Ein anderer Mann verkündete, er habe vor, mit einer seiner Studentinnen zu schlafen. An einem Tisch mit älteren Rumänen wurden kommunistische Trinklieder gesungen, sehr zum Ärger der jüngeren Rumänen. Der Vorsitzende der Schriftstellergewerkschaft hätte fast Feuer gefangen. Und unser geliebter japanischer Dichterfreund, in Wanderstiefeln und einem traditionellen rumänischen Hemd, das ein wenig einer Damenbluse glich, entfernte sich von der Menge und starrte rätselhafterweise eine halbe Stunde lang aufs Meer.

Derweil saßen meine Frau und ich da. Und beobachteten. Und wurden ungehalten, als eine Frau darauf bestand, dass wir etwas Schnaps tranken, ihn sogar unter meiner Nase schwenkte.

»Für uns nur Wasser. Sprite, falls Sie das haben.«

»Wann hört das bloß auf?«, fragten sich Micah und ich immer wieder. Die rumänischen Festivitäten dauerten sogar noch länger als die französischen Geschäftsessen.

Glücklicherweise war irgendwann Schluss. Auf der Rückfahrt ins Hotel waren aus irgendeinem Grund ein paar junge, braunhäutige Fußballspieler mit im Bus. (Während ich dies schreibe, frage ich mich, ob das alles ein Traum war.) Sie fingen an, traditionelle rumänische Lieder zu singen, unterstützt von einem rumänischen Schriftsteller, den ich für den faszinierendsten der ganzen Gruppe hielt, weil er wie ein exzentrischer Filmbösewicht auftrat. Sie waren offensichtlich sturzbetrunken und sangen so laut, dass es klang, als berste das Leben selbst aus ihren Lungen.

Vor uns saß ein anderes Ehepaar, auch Amerikaner. Sie hatten ebenfalls dem Pflaumenschnaps zugesprochen, waren aber nicht in Sangeslaune. Als die Männer ihren letzten Refrain beendet hatten, drehte die Frau sich zu uns um und sagte: »Warum können wir nicht so sein? Warum kann ich mich nicht amüsieren wie die?«

Sie hatte ja keine Ahnung, wie dringend ich genau diese Worte hören musste.

In der Nacht schlief ich gut und hatte einen ausgezeichneten Rückflug.

Dionysos, der vom Olymp aus zusah, war von uns zwei Abstinenzlern aus Kentucky wohl ebenso enttäuscht wie beeindruckt.

269. Tag: Evansville, Indiana

Ich kann gar nicht genug betonen, wie sehr ich Junggesellenabschiedspartys verabscheue. Wenn der gute Vorsatz zum neuen Jahr das menschlichste unserer Rituale ist, so ist die Junggesellenabschiedsparty das animalischste. Ich will damit keineswegs überkritisch sein. Ich habe mir das Recht *verdient*, Junggesellenabschiedspartys zu hassen. Noch nie ist mir auf einer etwas Gutes widerfahren. Auf der ersten, die ich besuchte, in Nashville, schmiss mich ein riesiger Rausschmeißer aus einem Stripclub, weil ich Alkohol getrunken hatte, obschon ich noch nicht volljährig war. Das passierte nur eine halbe Stunde, nachdem ich den Laden betreten hatte. »Warum gehst du schon wieder, Kleiner?«, fragte der Mann, der den Eingang bewachte. »Magst du keine Titten?«

»Ich bin wohl gerade in einem komischen Alter, schätze ich.«

Auf einer anderen Junggesellenabschiedsparty durften wir in der Limousine Bier trinken, doch der Wagen brauchte so lange bis zu seinem Ziel, dass ich an den schlimmsten Blasenschmerzen meines Lebens litt. Sogar nachdem ich mich in einer Gasse erleichtert hatte, kehrten die Schmerzen in der restlichen Nacht immer wieder, ob im Busy Body, der Exotic She Lounge oder im Lucky Lady. Die ganze Zeit war ich der festen Meinung, meine Keimdrüsen würden jeden Moment platzen.

Dann gab es eine Party, auf der ich mehr getrunken hatte als geplant und das Telefon nicht richtig bedienen konnte, als ich ein Taxi bestellen wollte. Ich bekam Angst, weil ich nicht wusste, wie ich nach Hause kommen sollte, und kotzte mich am Ende des Abends im Kleinbus der Mutter meines Freundes voll.

Meine eigene Junggesellenparty? Ich wollte keine. Angeblich war sie okay.

Was bei meiner Hochzeit einer Junggesellenabschiedsparty am nächsten kam, war ein Essen mit zwei Mitgliedern meiner früheren Band und unserem besten Freund, Barnrat, bei dem wir – zufällig – in der Pizzeria Turoni's Bier tranken. Barnrat war der letzte von uns, der heiratete. Seine Junggesellenabschiedsparty fand im September 2009 statt, und wenn die pflaumenblaue Orgie am Schwarzen Meer der Höhepunkt meines Kampfes um die Verteidigung des guten Vorsatzes war, so stellte dieser Abend dessen Ende dar.

Ich hatte Barnrat vorab eins klar gemacht: Ich würde zwar mit ihm und seiner Gang essen, »aber reservier mir keinen Platz in der Limousine. Weder werde ich heute Abend trinken, noch werde ich zusehen, wie Phoenix, Porsche oder Dolphin ihre Verrenkungen vorführen. Ihr könnt mich ruhig mit Schwulenwitzen bombardieren. Ich bin verheiratet, ich bin neurotisch, ich bin eigenartig, und ich bin fast dreißig Jahre alt. Außerdem habe ich gehört, die meisten Stripperinnen in Indiana seien mit der Schweinegrippe infiziert.«

Barnrat reagierte äußerst verständnisvoll und erklärte sich mit all meinen Bedingungen anstandslos einverstanden.

Ich traf als Erster in dem Restaurant ein, das zu einer Pizzeriakette namens Old Chicago gehörte, deren – wie ich zugeben muss – Auswahl an Biersorten vom Fass (meine Lieblingsform von Alkohol) zu den beeindruckendsten gehörte, die ich je gesehen hatte. Außerdem taten sie Mais auf ihre Pizza. Sobald alle Jungs, es waren etwa fünfzehn, eingetroffen waren und Platz genommen hatten, blätterte ich die Speisekarte durch, ob sie eine Pizza ohne Mais hatten, aber auch weil ich den Typ neben mir kaum kannte und mich irgendwie beschäftigen wollte.

Offenbar war ich sehr in die Speisekarte vertieft, denn plötzlich hörte ich »Joey? Joey!«-Rufe. Ich sah auf und merkte, dass alle mich anstarrten. Dann sah ich dass ein Kellner, der aussah, als hieße er Skippy, mit Kuli und Schreibblock neben mir stand.

»Was möchten Sie trinken?«, fragte er, während der ganze Tisch weiter zusah.

»Wasser.«

Doch als ich das sagte, konnte ich nicht ernst bleiben. Und als der ehemalige Drummer meiner Band mein Grinsen sah, deutete er dieses Grinsen so, dass ich merkte, wie komisch es war, dass ausgerechnet Joey Goebel – den er einmal den »Beer man« genannt hatte, weil er immer als Letzter aus den Latschen kippte – an einer Junggesellenabschiedsparty teilnahm und Wasser bestellte. Er ist ein netter junger Mann, der mir nichts Böses wollte, aber er riss irgendeinen Witz über das Wasser, und was blieb mir anderes übrig als zu lachen? Was dazu führte, dass mich ein paar andere aufzogen, doch das gab sich rasch.

Ich entspannte mich und trank mein Wasser, während sie ihr Bier tranken. Ich machte das Beste aus der Situation und redete so viel wie möglich. Doch dann beging ich den schweren Fehler zu verraten, dass ich nicht wie die anderen Gentlemen an der Rundreise durch die Nacktbars von Evansville teilnehmen würde.

»Was!? Warum nicht!?«

»Was?«

»Joey sagt, er fährt anschließend nach Hause. Er kommt nicht mit in die Clubs.«

»Warum nicht!?«

»Nein. Du kommst mit. Du musst. Du bist dabei.«

Als Krönung des Ganzen eilte Skippy, der inzwischen einen guten Draht zu den anderen hatte, die beste Fortschritte Richtung Besoffensein machten, auf dem Weg zur nächsten Runde an mir vorbei und schrie über die Schulter: »Zufrieden mit Ihrem *Wasser*?«

»Sehr zufrieden sogar«, sagte ich, musste aber genau wie alle anderen den Kopf schütteln und lachen.

Zum Glück kamen die Mais-Pizzen, so dass alle etwas anderes mit ihren Mündern zu tun hatten, als ihr Entsetzen angesichts der Vorstellung zu äußern, dass ein Mann nichts trinken und nicht dabei zusehen wollte, wie die ausgelassensten alleinerziehenden Mütter des Dreiländerecks (Kentucky, Indiana, Illinois) an einer Metallstange leckten, während

Nellys »It's Getting Hot in Here« durch die muffige Luft dröhnte.

Anmerkung: Ein anderer junger Mann traf verspätet ein und bestellte einen Eistee, ohne dass sich jemand darüber mokierte.

Sobald die Pizzatabletts abgeräumt waren und ich merkte, dass dieses Essen bald europäische Dimensionen annehmen würde, plante ich meine Flucht. Mittlerweile waren sie alle betrunken – und zwar so betrunken, dass meine engsten Freunde eine untypisch verletzende Bemerkung darüber machten, dass ich selbst keine Junggesellenabschiedsparty gegeben hatte. An der Stelle sagte ich: »Scheiß der Hund drauf«, eine dümmliche Formulierung, die ich normalerweise nicht verwenden würde, doch in diesen Gemütszustand hatten sie mich gebracht. Meine Flucht würde nicht schwierig sein. Sie konzentrierten sich auf ihre kühlen Blonden, und etliche von ihnen waren intensiv in ein lautstarkes Gespräch mit zwei am Tresen sitzenden blonden Mittvierzigerinnen vertieft. Ich musste mich nur rasch von Barnrat verabschieden, ihm alles Gute wünschen und verschwinden, ehe es die anderen bemerkten.

»Tut mir leid, dass ich nicht bleiben kann«, sagte ich zu ihm.

»Kein Problem. Tausend Dank, dass du überhaupt gekommen bist. Das hat mir sehr viel bedeutet.«

»Ich bin nur deinetwegen gekommen.«

»Das weiß ich.«

Nach diesem kleinen Gedankenaustausch fühlte ich mich besser und konnte die Dinge besser einordnen. Ich hatte eine gute Tat vollbracht, weil mir dieser Kerl wichtig war, der Jahre zuvor zu mir gehalten hatte, als ich besonders dringend einen Freund brauchte; er war mir nicht einmal böse, als ich ihm zum Dank ins Gesicht spuckte, denn er wusste, wie dreckig es mir ging.

Unterwegs zum Ausgang merkte ich, dass die Blondinen mich ansahen. Eine der beiden zeigte auf mich.

»Joey!«, rief einer der Jungs. »Hey, Joey! Komm mal her.«

Ich brachte es nicht über mich, einfach zu gehen. Ich rang mir ein letztes Lächeln ab und trat an die Bar.

»Er ist Schriftsteller«, sagte der Typ. »Seine Bücher wurden in viele Sprachen übersetzt.«

»Das trifft sich ausgezeichnet. Mein Dad ist Verleger.«

»Tatsächlich?«, fragte ich.

»Ja. Wie heißen deine Bücher?«

Übrigens waren die Frauen auch betrunken.

»Das eine heißt *Freaks*. Ein anderes *Vincent*. Und eins heißt *Heartland*.« Bei jedem Titel verzogen sich ihre Mienen auf seltsame Weise, als wären die Barhocker zu hart für ihre versnobten Hintern.

»Nie gehört.«

»Die meisten anderen Leute auch nicht«, sagte ich.

»In Deutschland ist er berühmt«, sagte der Typ.

»Och, berühmt würde ich nicht sagen. Aber da drüben verkaufen sich meine Bücher *wirklich* besser.«

»Warum?«

»Keine Ahnung. Wahrscheinlich liegt es –«

»Aber wovon handeln sie?«

»Also –«

»Das heißt, was für 'n komischer Kram ist es? Wovon handeln sie?«

Jetzt hatte ich die Schnauze voll.

»Meine Bücher handeln nur davon, wie grässlich die Leute sind.« Ihnen fiel der Unterkiefer runter, doch ich stürmte davon, ehe eine von ihnen etwas erwidern konnte.

Ich verabschiedete mich von niemandem. Die Limousine wartete draußen auf dem Parkplatz. So schnell es ging, stieg ich in mein Auto, doch – ich schwör's bei Gott – der Motor wollte nicht anspringen. Wenn das Restaurant in Rumänien ein Traum gewesen war, so war das hier ein Alptraum.

Natürlich strömten dann alle Jungs gleichzeitig

aus dem Old Chicago und in Richtung Limousine. Ich fasste es nicht, was ich da tat, wusste mir aber keinen anderen Rat, als mich unter das Armaturenbrett zu ducken statt zu riskieren, dass einer von ihnen mich sah und fragte, warum ich da im Dunkeln hockte. Ich hörte sie schon fragen: »Sieht so aus, als *müsstest* du uns jetzt begleiten.«

Die Limousine fuhr los. Welches Problem die Zündung meines Wagens eben noch gehabt hatte, es war verschwunden, und ich konnte nach Hause fahren. Doch bevor ich den Parkplatz verließ, holte ich Stift und Schreibblock aus dem Handschuhfach und notierte: »Wovon handelt dein Buch?« – »Es handelt nur davon, wie grässlich die Leute sind.« Das passte in meinen neuen Roman über einen Jungen auf einer Highschool, der alles Mögliche unternimmt, um gut zu sein, um ein Gentleman zu sein, was ihm aber mit Grobheit und Feindseligkeit vergolten wird und der herausfindet, dass der Welt egal ist, wie »gut« er war.

An diesem Abend trank ich nicht, fasste aber einen Entschluss, der zu der oben erwähnten Entscheidung führte: Ich hatte genug getan. Ich hatte mich bewährt. Nach diesem Abend konnte kein Mensch meinen Einsatz, meine Entschlossenheit in Frage stellen. In drei Tagen würde ich zu meiner Lesereise durch die Schweiz und Deutschland aufbrechen, wo das Bier schon auf mich wartete.

290.-293. Tag: Deutschland

Als ich mit Tilman Solleder im Speiseraum eines opulenten Hotels gegenüber dem Hamburger Hauptbahnhof saß, war der Diogenes-Vertreter für Norddeutschland vermutlich nicht wenig erstaunt, mich in souveränem, fließendem Deutsch sagen zu hören: *Ich möchte etwas trinken.* Ich bat ihn, mir ein Bier zu empfehlen. »Etwas, was ein echter Deutscher trinken würde.« Ich weiß nicht mehr, was ich bestellte, doch ich weiß, dass er nicht ahnte, welche Bedeutung dieser erste Schluck haben würde.

Zahl der Tage, die dieser gute Vorsatz Bestand gehabt hatte: 291.

Das Bier schmeckte bitterer als meine alten Standards Miller Lite und Coors Light, doch das war mir egal. Ich bestellte ein zweites, und die Welt ging nicht unter.

Ich fragte Tilman außerdem nach guten Punkbands mit deutschen Texten, weil ich dachte, wiederholtes Anhören könnte mir vielleicht helfen, an dem aktuellen Vorsatz für das neue Jahr festzuhalten: mindestens eine halbe Stunde täglich Deutsch lernen. Da vor meiner Lesung noch Zeit blieb, nahm Tilman mich kurzentschlossen in ein Kaufhaus mit und besorgte mir zwei CDs von *Die Toten Hosen.* Ich erinnere mich, wie gern ich mich mit ihm auf der Rolltreppe über Musik unterhielt und das Surreale daran genoss, dass ich in einem anderen Land war. Wie ein Versager kam ich mir dabei nicht vor.

Nach der Lesung in einer Buchhandlung bot man mir wieder Bier an, doch ich lehnte dankend ab.

Später in der Woche war München an der Reihe. Diesmal fand meine Lesung in einer Kneipe statt, und auch diesmal hörte ich nicht nach einem Bier auf. Hier lernte ich auch mein geliebtes Franziskaner kennen und trank, so viel ich wollte. Eine nette ältere Frau war da, mit der ich im letzten Jahr einen Briefwechsel geführt hatte, und ich unterhielt mich hervorragend mit ihr und ihrem Mann. Der oben erwähnte japanische Dichter tauchte auf, und wir tranken ein Glas miteinander, was uns in Rumänien nicht vergönnt gewesen war. Seine freundliche Frau fand unglaublich, wie gut ich Deutsch sprach. Das war mir neu. Offenbar sprach ich viel besser, wenn ich trank.

Am Ende des Abends erklärte mir Peter Wagner, der Journalist von der Süddeutschen Zeitung, der bei der Lesung moderiert hatte, was ein »Schnitt« war, nämlich ein nur teilweise gefülltes Glas Bier. Der Barkeeper gab jedem von uns einen Schnitt, und ich lachte mich kaputt, als ich Peter fragte, ob ich einen guten Schnitt bekommen hätte, und er mir glattweg antwortete, meiner sei nur »okay«. Ich muss gestehen, dass ich zu diesem Zeitpunkt wahrscheinlich betrunken war. Ich hatte vergessen, wie sehr man sich seines Ganges bewusst wird, wenn man diesen Zustand erreicht hat. Doch ganz gleich, wie sicher ich ging, in der Nacht schaffte ich es jedenfalls zurück in meine Unterkunft, wo ich meine Einsamkeit und meine Toten-Hosen-Musik genoss.

Das Finale dieser Lesereise fand in einem alten Kino in Zürich statt. Nachdem ich ein sensationell gutes Publikum unterhalten hatte, genehmigte ich mir zur Feier des Tages ein paar Bier, aber nicht genug, um etwas zu spüren. Darüber sprach ich mit der Swiss Miss von Planta.

»Ich weiß nicht recht, wie viel ich heute Abend trinken will«, sagte ich.

»Möchtest du dich betrinken?«

»Irgendwie schon.«

»Heute Nacht ist bei uns Zeitumstellung«, sagte sie. »Dir bleibt also eine Stunde mehr Zeit, um zu tun, was du tun willst.«

»Schon, aber morgen habe ich einen langen Flug vor mir. Vielleicht nehme ich doch besser nur ein, zwei Bier aus der Minibar im Hotel und lasse es dabei bewenden.«

»Das klingt vernünftig.«

In den letzten drei Jahren bin ich mit dieser Art von mäßigem Alkoholgenuss gut gefahren. Manchmal trinke ich monatelang keinen Tropfen Alkohol. Dann wieder mache ich ein Fass auf, trinke aber immer nur Bier, nur zu Hause, und meist, wenn ich genug Arbeit um die Ohren habe – mit Arbeit meine ich E-Mails, diverse Planungen, aber nicht schreiben. In Sachen schreiben habe ich einen Grundsatz: Sobald ich den Alkohol spüre, höre ich auf.

Nachdem ich nüchtern etliche Bücher geschrieben habe, in denen ich Amerikas Exzesse verdamme, habe ich gelernt, nicht in meinen eigenen Exzessen zu schwelgen, und dabei hat mir mein guter Vorsatz zum neuen Jahr geholfen. Ich kann nicht garantieren, dass ich mein restliches Leben vernünftig bleiben werden, doch zur Zeit kommen König Alkohol und ich gut miteinander aus. Ich habe mir angewöhnt, einmal in der Woche ein Sixpack zu kaufen, vor der Wrestling-Sendung am Montagabend. Den Rest der Woche heißt es für mich Kaffee und, Sie ahnen es, Wasser.

Doch halt! Da ist noch etwas. Während ich dies tippe, sehe ich, dass sich die bedauernswerten Eichhörnchen wieder abmühen bei dem Versuch, zum Vogelhäuschen zu gelangen und in das kleine Loch hineinzukommen.

Bei Gott, ich sehe, wie ein tapferes Eichhörnchen Anlauf nimmt, losspringt, mit allen Vieren rudernd durch die Luft segelt und gegen das Vogelhäuschen knallt, das zu Boden fällt, wo es zerbricht und das Vogelfutter verstreut. Alle anderen Eichhörnchen stopfen sich im Eiltempo die Bäuche voll, und ihr Held nimmt sich noch etwas Wegzehrung mit.

Noch ganz aufgeregt von seinem Sieg – wie oft hat das Eichhörnchen es immer und immer wieder versucht, bis es endlich Erfolg hatte –, bemerkt es den rasenden Pickup-Truck nicht, als es über die Straße huscht.

Der Pickup erwischt es nicht, verfehlt es sogar deutlich.

Der Kosmos ist verwirrt.

Das Eichhörnchen ist nicht gescheitert. Es hat nicht versagt. Es wird eines der besten Jahre seines Lebens haben.

Erich Kästner

Spruch für die Silvesternacht

Man soll das Jahr nicht mit Programmen
beladen wie ein krankes Pferd.
Wenn man es allzu sehr beschwert,
bricht es zu guter Letzt zusammen.

Je üppiger die Pläne blühen,
um so verzwickter wird die Tat.
Man nimmt sich vor, sich zu bemühen,
und schließlich hat man den Salat!

Es nützt nicht viel, sich rotzuschämen.
Es nützt nichts, und es schadet bloß,
sich tausend Dinge vorzunehmen.
Lasst das Programm! Und bessert euch drauflos!

Wilhelm Busch

Die guten Ausflüchte sind das beliebteste Trottoir

Als ob's nicht Straßen gäbe, die viel bequemer sind zum Gehen, Reiten, Radeln und Kutschieren in der höllischen Richtung, als jene harte der guten Vorsätze, auf der man doch mitunter stehen bleibt und nachdenkt, wenn einen der Schuh drückt. Nicht die guten Vorsätze, sondern die »guten Ausflüchte« sind das beliebteste Trottoir.

Sehnsüchtig grüßt der, der ich bin, den, der ich sein möchte.

Søren Kierkegaard

Victor Auburtin

Ich fange ein neues Leben an

Wie alle Leute, die es zu nichts im Leben bringen, so führe auch ich ein Tagebuch.

Das heißt, jeden Abend schreibe ich in ein kleines, schwarz lackiertes Heft ein, welche Ereignisse an diesem Tag vorgefallen sind; was es zu Mittag gegeben hat, wie viel Schnaps ich getrunken habe, welchen Klassiker ich gelesen habe und wie mein Stuhlgang gewesen ist.

Wenn etwas Bedenkliches zu verzeichnen ist, schreibe ich es auf Griechisch, damit die Aufwartefrau es nicht lesen kann. Alle diese kleinen Hefte aber hebe ich auf; es ist ihrer schon eine ganze Menge zusammengekommen.

Jetzt muss ich meine Tagebücher wieder einmal durchgehen, um eine Adresse zu finden, und dabei habe ich eine Entdeckung gemacht. Die Entdeckung nämlich, dass alle drei oder vier Monate in den Tagebüchern die Notiz steht: Heute fange ich ein neues Leben an.

Ich erinnere mich auch genau, was damit gemeint ist. Wenn ich diese Bemerkung einschrieb, hatte ich den Entschluss gefasst, keinen Schnaps mehr zu trinken, meine Dramen zu Ende zu schreiben und jeden Sonntag wieder in die Kirche zu gehen.

Aber ach, meistens so zwei oder drei Seiten nach dieser Aufzeichnung steht dann in den Tagebüchern wieder etwas Griechisches drin, was, wenn ich es entziffere, Cherry Brandy oder so ähnlich heißt; oder es steht auch gar nichts drin, ein Zeichen, dass an diesem Tage alles drunter und drüber gegangen ist. Und so habe ich in diesen letzten zwölf Jahren ungefähr zwölfmal ein neues Leben angefangen.

Wir brauchen nicht so fortzuleben, wie wir gestern gelebt haben. Macht Euch nur von dieser Anschauung los, und tausend Möglichkeiten laden uns zu neuem Leben ein.

Christian Morgenstern

Helen Fielding
Bridget Jones Tagebuch

Was ich nicht mehr tun werde:

- Mehr als vierzehn Alkoholeinheiten pro Woche trinken.
- Rauchen.
- Geld für folgende Gegenstände vergeuden: Nudelmaschinen, Eismaschinen oder anderen kulinarischen Schnickschnack, den ich sowieso nie benutze; Bücher von unlesbaren, hochliterarischen Autoren, die man sich nur ins Regal stellt, um Eindruck zu schinden; ausgefallene Unterwäsche, da sinnlos, weil kein Freund vorhanden.
- Mich zu Hause gehenlassen; werde mir stattdessen vorstellen, beobachtet zu werden.
- Mehr ausgeben, als ich verdiene.
- Den Korb mit der eingehenden Post überquellen lassen.
- Auf irgendetwas vom Folgenden hereinfallen: Alkoholiker, Workaholics, Beziehungspaniker, Typen

mit festen Freundinnen oder Ehefrauen, Frauenfeinde, Größenwahnsinnige, Chauvis, emotionale Flachwichser oder Schmarotzer, Perverse.

- Mich über Mum, Una Alconbury oder Perpetua ärgern.
- Mich über Männer aufregen; werde stattdessen die gelassene und kühle Eiskönigin geben.
- Mich in Männer verknallen; werde stattdessen nur Beziehungen eingehen, die auf reifer charakterlicher Würdigung beruhen.
- Hinter ihrem Rücken über andere Leute herziehen; werde mich stattdessen positiv über jeden äußern.
- Mich auf Daniel Cleaver fixieren, da erbärmlich, à la Miss Moneypenny et al., in den Boss verknallt zu sein.
- Darüber jammern, keinen Freund zu haben, sondern stattdessen innere Ausgeglichenheit und Autorität entwickeln sowie Gefühl für mich selbst als gestandene Frau, die auch *ohne* festen Freund vollwertig ist, da beste Methode, um Freund zu finden.

Was ich tun werde:

- Das Rauchen aufgeben.
- Nicht mehr als vierzehn Alkoholeinheiten pro Woche trinken.

- Oberschenkelumfang mit Hilfe von Antizellulitisdiät um acht Zentimeter reduzieren (d. h. jeden um vier Zentimeter).
- Sämtliches überflüssige Zeug aus der Wohnung schaffen.
- Alle Klamotten, die ich zwei Jahre oder länger nicht getragen habe, für Obdachlose spenden.
- Beruflich aufsteigen und neuen, ausbaufähigen Job suchen.
- Geld in Form von Ersparnissen anlegen. Evtl. auch Rentenversicherung abschließen.
- Selbstsicherer sein.
- Entschlossener auftreten.
- Die Zeit besser nutzen.
- Nicht jeden Abend ausgehen, sondern zu Hause bleiben, gute Bücher lesen und klassische Musik hören.
- Einen Teil meines Einkommens für wohltätige Zwecke spenden.
- Freundlicher sein und andern mehr helfen.
- Mehr Hülsenfrüchte essen.
- Morgens sofort nach dem Aufwachen aufstehen.
- Dreimal die Woche ins Fitnessstudio gehen, und zwar nicht nur, um ein Sandwich zu essen.
- Fotos ins Fotoalbum einkleben.
- Compilations für verschiedene Stimmungen aufnehmen, damit Kassetten mit sämtlichen romanti-

schen/tanzbaren/feministisch aufstachelnden Lieblingsstücken bereitliegen, anstatt zu einem volltrunkenen Pseudo-DJ zu werden und Kassetten über den ganzen Fußboden zu verstreuen.
- Eine funktionierende Beziehung mit einem verantwortungsbewussten erwachsenen Menschen eingehen.
- Lernen, den Videorecorder zu programmieren.

Aber ich meine eigentlich, rein praktisch kann man gar nicht erwarten, dass Vorsätze für das neue Jahr gleich am ersten Januar umgesetzt werden, oder? Denn weil das nämlich die Fortsetzung von Silvester ist, sind die Raucher gerade in einer Rauchphase und können nicht einfach Schlag Mitternacht aufhören, wenn sie schon dermaßen viel Nikotin im Blut haben. Es ist auch keine gute Idee, eine Diät an Neujahr anzufangen, weil man da nicht vernünftig essen kann, sondern wirklich die Freiheit braucht, all das zu konsumieren, was im Moment eben nötig ist, um den Kater zu bekämpfen. Ich denke, es wäre wesentlich vernünftiger, mit den guten Vorsätzen immer erst am zweiten Januar anzufangen.

Gute Vorsätze sind grüne Früchte, die abfallen, ehe sie reif sind.

Johann Nestroy

Sławomir Mrożek

Das neue Leben

Ich beschloss, ein neues Leben zu beginnen. Entschieden und unwiderruflich. Blieb nur die Frage: Ab wann?

Die Antwort ließ keine Zweifel offen: Ab morgen.

Als ich am nächsten Tag aufwachte, stellte ich fest, dass ja wieder heute ist, genauso wie gestern. Da ich mein neues Leben morgen beginnen wollte, konnte ich heute kein neues Leben anfangen.

›Noch ist nichts verloren‹, dachte ich mir. ›Morgen wird ebenfalls morgen sein.‹

Und ich verlebte den Tag ruhig, wie immer auf die alte Weise. Nicht nur ohne Gewissensbisse, sondern voller guter Gedanken und gesteigerter Hoffnungen.

Aber was sollte ich machen, als am nächsten Tag wieder heute war, ähnlich wie gestern und vorgestern?

›Das ist nicht meine Schuld‹, dachte ich, ›dass irgendein Teufel immer das Morgen in heute verwandelt. Mein Beschluss ist einwandfrei, unwiderruflich. Versuchen wir es noch einmal, vielleicht wird der Teufel müde, und morgen wird endlich morgen sein.‹

Leider war es nicht so. Immer nur heute und heute. Schließlich verlor ich die Hoffnung. ›Dieses Morgen wird nie kommen‹, dachte ich. ›Angesichts dessen könnte man das neue Leben nicht von morgen an, sondern von heute an beginnen.‹

Ich durchschaute aber sofort die Absurdität dieses Gedankens. Denn wenn sich dieses Heute unveränderlich schon seit ewigen Zeiten wiederholt, dann ist das schon sehr alt, und jedes Leben heute muss auch alt sein. Ein neues Leben ist ein neues Leben, möglich ist es nur von neuem, also von morgen an, wenn es ein wirklich neues Leben sein soll.

Und ich ging mit dem ganz starken Vorsatz schlafen, dass ich von morgen an ein neues Leben beginne. Denn trotz allem gibt es doch immer irgendein Morgen.

Hugo Loetscher

Der Reigen des Neuanfangs

Und Past überlegte, was Miss Loyleen geantwortet hätte: »An jedem Neujahr fasst man Vorsätze, nach einigen Wochen sind sie gebrochen, und man muss viele Monate warten, bis man an einem neuen Neujahr neue Vorsätze fasst. Das ist anders, wenn man schon drei bis vier Wochen nach dem ersten Januar am chinesischen Neujahr von neuem Vorsätze fasst und man nur bis zum buddhistischen Neujahr zu warten braucht, um zu erneuern, was man inzwischen gebrochen hat – ja, was man sich am Neujahr der Muslime vorgenommen und woran man sich hinterher nicht gehalten hat, das könnte am jüdischen Neujahr erneuert werden, und das, was von jenen Vorsätzen nicht eingehalten wird, könnte man am ersten Januar erneuern, dessen gebrochene Vorsätze wiederum … Wir nannten dies den ›Reigen des Neuanfangs‹ und weniger poetisch das ›runde Neujahr‹.«

Ennio Flaiano

Das Leben ändern

Er beschloss, sein Leben zu ändern, die Morgenstunden zu nutzen. Er stand um sechs Uhr auf, duschte sich, rasierte sich, zog sich an, frühstückte mit Genuss, rauchte ein paar Zigaretten, setzte sich an den Schreibtisch und erwachte am Mittag.

Doris Dörrie

Apples heimliche Liste

An der Innenseite des Schranks hängt eine lange, etwas vergilbte Liste:

1. Eiweiße und Kohlenhydrate niemals mischen!
2. nur Obst bis 12 Uhr!
3. kein Essen nach 21 Uhr!
4. zwei Liter Wasser pro Tag!
5. kein Alkohol!
6. nicht zu jung anziehen!
7. jeden Tag einen Plan!
8. 4x am Tag aus der Puste kommen!
9. nicht zu gutmütig sein!
10. neue Unterwäsche kaufen!
11. nicht zu viel über sich reden!
12. nicht grell, nicht schrill, nicht zu laut sein!
13. nicht mehr so viel in die Sonne gehen!
14. sich nicht beklagen!
15. dankbar sein!
16. immer abschminken!

Susi nimmt sich vor, später noch einmal mit dem Handy aufs Klo zu gehen und die Liste zu fotografieren.

Als sie sich wieder aufs Sofa setzt, sieht Apple sie ausdruckslos an. Denkt sie gerade an Punkt 11 auf ihrer Liste? Susi lächelt ihr freundlich zu.

Jerome K. Jerome

Der Mensch ist nicht für Vorsätze gemacht

Es gelang uns nicht, unser Programm ganz durchzuführen, denn was der Mensch leistet, hinkt stets seinem Vorsatz hinterher.

Nachmittags um drei Uhr lässt sich leicht sagen: »Wir stehen um fünf Uhr auf, frühstücken etwas Leichtes um halb sechs, und um sechs gehen wir los.«

»Dann sind wir schon gut unterwegs, bevor die Tageshitze beginnt«, sagt einer.

»In dieser Jahreszeit ist der frühe Morgen wirklich der schönste Teil des Tages, findet ihr nicht?«, bemerkt ein anderer.

»Oh, zweifellos.«

»So kühl und frisch.«

»Und das Dämmerlicht ist exquisit.«

Am ersten Morgen hält man sich an den Vorsatz. Die Gruppe versammelt sich um halb sechs. Man ist schweigsam, einzelgängerisch, etwas bissig, neigt dazu, über das Essen zu murren, und überhaupt über die meisten anderen Dinge; die Luft ist aufgeladen mit komprimierter Reizbarkeit auf der Suche nach einem Ventil. Am Abend ist die Stimme des Versuchers zu hören:

»Wenn wir pünktlich um halb sieben aufstehen, bleibt uns wohl genügend Zeit?«

Die Stimme der Tugend protestiert schwach: »Und was wird aus unserem Vorsatz?«

»Vorsätze wurden für den Menschen gemacht«, sagt der Versucher, »nicht der Mensch für die Vorsätze.«

Mascha Kaléko

Gute Vorsätze

Morgen«, sage ich, »morgen«!
»Übermorgen!«, sogar.
Bald ist das Leben vorüber,
ohne daß »morgen« je war.

Jonathan Swift

Entschließungen

Keine junge Frau heiraten.

Keine jungen Gefährten an mich fesseln, wenn sie es nicht wirklich wünschen.

Nicht launisch, mürrisch und misstrauisch werden.

Nicht die jeweilige Lebensweise, Denkart, Mode oder den Soldatenstand geringschätzen.

Nicht zu kinderfreundlich werden oder mir die Kinder zu nahe kommen lassen.

Nicht immer die gleiche Geschichte den gleichen Leuten erzählen.

Nicht habgierig werden.

Schicklichkeit und Sauberkeit nicht vernachlässigen aus Furcht, abstoßend zu werden.

Mit jungen Menschen nicht überstreng sein, sondern für ihre jugendlichen Torheiten und Schwächen Verständnis zeigen.

Nicht freigebig mit gutem Rat sein, noch jemanden damit belästigen, es sei denn, man wünsche ihn.

Einige gute Freunde bitten, mich ins Bild zu setzen, welche von diesen Vorsätzen ich breche oder vernachlässige, und mir zu sagen, in welcher Weise ich dagegen verstoße, und mich demgemäß bessern.

Nicht viel reden, erst recht nicht von mir selbst. Nicht mit meinem früheren guten Aussehen, meiner Kraft oder meinen Erfolgen bei Damen usw. prahlen.

Nicht auf Schmeicheleien hören, noch mir einbilden, ich könne von einer jungen Frau geliebt werden, et eos qui hereditatem captant, odisse ac vitare.

Nicht rechthaberisch und starrköpfig sein.

Nicht aufhören, allen diesen Regeln nachzuleben, aus der Befürchtung, es könnte mir unmöglich werden, sie zu befolgen.

Wenn deine Grundsätze dich traurig machen, dann sind sie falsch.

Robert Louis Stevenson

Ludwig Thoma

Gute Vorsätze

Ich war auf einmal furchtbar fromm. Drei Wochen lang hat uns der Religionslehrer Falkenberg vorbereitet auf die heilige Kommunion, und ich habe zum Fritz gesagt: »Wir müssen ein anderes Leben anfangen.«

Den Fritz hat es auch gepackt, weil der Falkenberg einmal so weinte und sagte, er kann es nicht verantworten, einen verdorbenen Knaben zum Tisch des Herrn zu schicken.

Weil neulich vor dem Kommunionunterricht an die Türschnalle Senf hingeschmiert war und der Religionslehrer meinte, es ist etwas anderes.

Ich habe gewusst, dass es der Fritz getan hat, und ich habe mich schon gefreut, dass der Falkenberg eingegangen ist, aber er hat uns eine halbe Stunde lang beten lassen, dass die Freveltat vorübergeht. Und wie es vorbei war, sagte der Fritz zu mir, ob ich glaube, dass wir es weggebetet haben. Ich sagte, dass ich es glaube, weil der Falkenberg sonst nicht aufgehört hätte. Aber ich sagte: »Du musst auch ein anderer werden, Fritz. Probiere es nur, es geht ganz gut.« Er fragte, ob ich es fertig gebracht habe.

Ich sagte: »Ja, weil ich jetzt furchtbar fromm bin. Die Tante Fanny gibt immer Obacht, wenn ich im Gebetbuch lese, und sagt zu Onkel Pepi, dass mit mir eine Veränderung geschehen ist. Sie glaubt, dass ich in mich gegangen bin, und ich glaube es auch, weil ich jetzt schon eine Viertelstunde lang beten kann und nicht denke, wie ich der Tante etwas antue.«

Der Fritz sagte, er will morgen anfangen, aber heute muss er noch dem Schuster Rettenberger das Fenster einschmeißen, denn er hat ihn beim Pedell verschuftet, dass er ihn mit einer Zigarre gesehen hatte.

Ich sagte, er solle warten bis nach der Kommunion, weil ich mittun möchte, aber Fritz sagte, dass er nicht beten kann, bevor er das Fenster kaputt geschmissen hat, weil er voll Zorn ist.

Der Rettenberger lacht immer, wenn er ihn sieht, und gestern hat er ihm nachgeschrien: »Gelt, ich hab dich schön erwischt, du Lausbub, du miserabliger.«

Da habe ich dem Fritz Recht gegeben, weil es eine solche Gemeinheit ist, und ich hätte so gerne mitgetan.

Aber es ging nicht, denn ich habe mich schon acht Tage lang vorbereitet, und da hätte ich wieder von vorne anfangen müssen. Das ist gar nicht leicht.

Die Tante Fanny hat Obacht gegeben, dass ich nicht auslasse. Sie hat mir recht wenig zum Essen gegeben, weil man sich täglich einmal abtöten muss, aber die Magd hat zu mir gesagt, dass sie ein Knack ist und sparen will.

Vor dem Bettgehen habe ich Gewissenserforschung treiben müssen; da habe ich den Beichtspiegel vorgelesen, und der Onkel Pepi und die Tante haben alles erklärt. Der Onkel Pepi ist ganz heilig. Er ist Sekretär am Gericht, aber er sagt oft, dass er ein Pfarrer hat werden wollen, aber weil er kein Geld hatte, ist er mit dem Studieren nicht fertig geworden.

Wie er einmal mit der Tante recht gestritten hat, da hat die Tante gesagt, dass er zu dumm war für das Gymnasium. Der Falkenberg mag ihn gerne, weil er alle Tage in die Kirche geht und ihm alles sagt, was die Leute im Wirtshaus reden.

Meine Mutter hat ihm geschrieben, dass er mich unterstützt und belehrt für die heilige Handlung, damit ich so fromm werde wie er.

Das hat ihn gefreut, und er ist alle Tage bis neun Uhr dageblieben und hat gepredigt. Dann ist er in das Wirtshaus gegangen.

Einmal hat er aus einem Buche vorgelesen, dass man täglich sein Gewissen erforschen muss und es machen soll wie der heilige Ignatius.

Er hat alle Sünden in ein Büchlein geschrieben und es unter sein Kopfkissen gesteckt.

Das habe ich auch getan; aber da habe ich es vergessen, und wie ich aus der Klasse heimkam, hat mich der Onkel Pepi gerufen und gesagt: »Du hast voriges Jahr aus meiner Hosentasche zwei Mark gestohlen.« Da habe ich gemerkt, dass er meine Gewissenserforschung gelesen hat, aber es waren bloß sechzig Pfennig.

Die Tante hat gesagt, weil es ein Beichtgeheimnis ist, darf man es meiner Mutter nicht schreiben.

Da war ich froh. Nach dem Essen hat der Onkel das Seelenbad vorgelesen, wo eine Geschichte darin stand vom heiligen Antonius. Zu dem ist ein Mann gekommen, der viele Sünden hatte, und hat beichten wollen. Der Heilige hat ihm angeschafft, dass er seine Sünden aufschreibt, und das tat der Mann.

Wie er dann seine Sünden gelesen hat, ist jedes Mal eine Sünde, die er reumütig gebeichtet hat, von unsichtbarer Hand ausgelöscht worden.

Der Onkel hat die Geschichte zweimal vorgelesen, und dann hat er zur Tante gesagt:

»Liebe Fanny, es ist auch für uns eine Lehre in diesem wunderbaren Vorfalle. Wenn Gott die Sünden verzeiht, müssen wir dem Beispiele folgen.«

»Aber seine Mutter muss es ersetzen«, sagte die Tante.

»Natürlich«, sagte der Onkel, »das ist notwendig wegen der Gerechtigkeit.«

»Und du sollst nicht so viel Geld in den Hosensack stecken«, sagte die Tante, »warum nimmst du so viel in das Wirtshaus mit? Drei Glas Bier sind genug für dich, das macht sechsunddreißig Pfennig, aber natürlich, ihr müsst ja der Kellnerin ein Trinkgeld geben, als wenn du etwas zum Verschenken hättest mit deinem Gehalt.«

»Das gehört nicht hierher«, sagte der Onkel, »was soll der Bursche denken, wenn du seine Aufmerksamkeit ablenkst.«

»Er wird denken, dass er dir noch mehr stiehlt, wenn du so viel Geld in den Hosensack steckst«, sagte die Tante. »Wer weiß, wie viel er schon genommen hat. Du natürlich weißt es nicht, weil du ja nicht acht gibst, als hättest du den Gehalt von einem Präsidenten.«

»Ich habe bloß einmal die sechzig Pfennig genommen«, sagte ich.

»Es waren wenigstens zwei Mark«, sagte der Onkel, »aber ich verzeihe dir, wenn du es aufrichtig bereust und gegen diesen Fehler ankämpfen willst. Du musst den heiligen Vorsatz fassen, dass du es nie mehr tust und die Versuchung meidest und meinen Hosensack nie mehr aussuchst.«

Ich war furchtbar zornig, aber ich durfte es nicht

merken lassen. Ich dachte, wenn die Kommunion vorbei ist, dann will ich ihn schon ärgern, dass er blau wird. Vielleicht mache ich seine Goldfische kaputt oder etwas anderes.

Es waren bloß mehr fünf Tage.

Der Tante Frieda ihre Anna durfte heuer auch zum ersten Mal zur Kommunion gehen, und sie haben ein ekelhaftes Getu mit ihr. Die Anna ist eine falsche Katze, und ich habe sie nie leiden mögen, aber jetzt bin ich noch giftiger auf sie, weil die Tante Frieda immer von ihr redet und sich so dick macht damit.

Die Tante Frieda ist die beste Freundin von der Tante Fanny, und sie sagen allemal etwas über meine Mutter, wenn sie beisammen sind.

Am Abend ist die Tante Frieda öfter gekommen, und wie sie einmal gehört hat, dass wir Andachtsübungen machen, hat sie zum Onkel Pepi gesagt:

»Du tust ein gutes Werk an dem Burschen; ich fürchte bloß, dass es nicht viel hilft.«

Und dann fragte sie mich, ob ich mich auf die heilige Handlung ordentlich vorbereite.

Ich sagte, dass ich schon zwei Wochen mich vorbereite.

»Vorbereiten und vorbereiten ist ein Unterschied. Ach Gott«, sagte sie, »ich weiß nicht, mein Ännchen flößt mir beinahe Angst ein. So durchgeistigt kommt sie mir vor und so angegriffen von dem Gedanken an ihre erste Kommunion. Und denkt euch nur, wie das Kind spricht! Am letzten Freitag wollte ich ihr ein bisschen Fleischsuppe geben, weil sie doch schwächlich ist. Aber sie hat es um keinen Preis nicht genommen. Ich sagte, es ist doch eine Kleinigkeit. Nein, sagte sie, liebe Mutter, kann das eine Kleinigkeit sein, was Gott beleidigt? Und ihre Augen glänzten ganz dabei. Mir ist ganz anders geworden. Liebe Mutter, hat sie gesagt, kann das eine Kleinigkeit sein, was Gott beleidigt?«

Tante Fanny war erstaunt und nickte mit dem Kopfe auf und ab, und der Onkel Pepi machte große Augen auf mich und hatte Wasser darin. Er sagte zu mir: »Hörst du das?«

Ich sagte, dass ich es schon gelesen habe, weil es eine Heiligengeschichte ist, die wo in unserem Vorbereitungsbuche steht.

Tante Frieda ärgerte sich furchtbar, dass ich es wusste. Sie sagte, dass sie es nicht glaubt, weil ich immer lüge, aber wenn es wahr ist, dann macht es auch nichts, weil man sieht, dass Ännchen die Moral in sich aufgenommen hat.

Und sie erzählte, dass Anna gestern nicht geschlafen hat und weinend im Bett gesessen ist. »Was hast du, Kind?«, hat sie gefragt. »Ich habe ein Stück Brotrinde gegessen«, hat Anna gesagt. »Warum sollst du keine Brotrinde nicht essen?«, hat die Tante Frieda gefragt. »Weil das Essen schon vorbei war, und die Brotrinde war nicht für mich bestimmt, das war ein Unrecht, und ich habe so fest vorgehabt, dass ich keine Sünde mehr begehe«, hat die Anna gesagt, und sie hat noch mehr geweint. »So ist das Kind«, sagte die Tante Frieda, »sie kommt mir oft überirdisch vor, und ich kann sie nicht beruhigen.«

»Es gibt Kinder, welche zwei und drei Mark aus einem Hosensacke stehlen und keine Unruhe verspüren«, sagte Onkel Pepi. Und die Tante Frieda wusste es schon von der Tante Fanny und sagte: »Es ist der Fluch der milden Erziehung.«

Das habe ich alles hören müssen, und ich war froh, wie der Kommuniontag da war. Meine liebe Mutter hat mir einen schwarzen Anzug geschickt und eine große Kerze.

Sie hat mir geschrieben, dass es ihr weh tut, weil sie nicht dabei sein kann, aber ich soll mir vornehmen, ein anderes Leben anzufangen und ihr bloß Freude zu machen.

Das habe ich mir auch vorgenommen.

Wir waren vierzehn Erstkommunikanten von der Lateinschule, und die Frau Pedell hat zu uns gesagt, dass sie weinen muss, weil wir so feierlich ausgesehen haben, wie lauter Engel. Der Fritz hat auch ein ernstes Gesicht gemacht, und ich habe ihn beinahe nicht gekannt, wie er langsam neben mir hergegangen ist.

Wir waren auf der einen Seite aufgestellt. Auf der anderen Seite waren die Mädel aufgestellt von der höheren Töchterschule. Da war die Anna dabei. Sie hat ein weißes Kleid angehabt und Locken gebrennt. Ich habe sie in der Sakristei angeredet, vor wir in die Kirche hineinzogen.

Sie sagte, dass sie heute recht heiß und innig für meine Besserung beten will.

Ich habe mich nicht geärgert, weil ich so friedfertig war, und in der Kirche war ich nicht wie sonst. Ich habe gar nicht gemerkt, dass es lang gedauert hat, und ich habe nicht gedacht, was ich nachher tue. Ich habe gemeint, es ist jetzt alles anders.

Viele Eltern, die da waren, haben ihre Kinder geküsst, wie alles vorbei war, und ich bin zur Tante Fanny und zum Onkel Pepi hingegangen.

Da stand die Tante Frieda bei ihnen und sagte zu mir: »Du hast die dickste Kerze gehabt. Keiner hat eine so dicke Kerze gehabt wie du. Sie hat gewiss um zwei Mark mehr gekostet als die, welche ich meinem Ännchen gab. Aber deine Mutter will immer oben hinaus.«

Und die Tante Fanny sagte: »Natürlich, wenn man einen höheren Beamten geheiratet hat.«

Da habe ich gesehen, dass sie einen nicht fromm sein lassen, und ich habe mit dem Fritz was ausgemacht.

Er wohnt auch in der weiten Gasse und kann der Tante Frieda in die Wohnung sehen. Da steht ein Schrank mit einem Spiegel; und der Fritz hat eine Luftpistole.

Aber jetzt hat der Spiegel auf einmal ein Loch gehabt.

Martin Suter

Eigenmanns guter Vorsatz

Nicht Aufhören zu rauchen, weniger Alkohol, weniger Kilos, mehr Sport und ähnlicher Neujahrskitsch, sondern echte, performancerelevante Vorsätze, darum geht es Bruno Eigenmann in den ersten Tagen der »Herausforderung 95«, wie er das neue Jahr im »Intern 1,95« nennen wird, dem von ihm vor vier Jahren eingeführten Motivationsinstrument. Denn erstens hat Eigenmann die meisten der banaleren Vorsätze schon früher gefasst und teilweise auch gehalten. Und zweitens geht es ja nicht um ihn, sondern ums Ganze. Das heißt um seine Rolle in diesem. Also indirekt doch um ihn.

Eigenmann ist auch nicht so emotionell, dass er seine guten Vorsätze im Überschwang der Neujahrspolonaise oder in der Ergriffenheit der zwölf schneegedämpften Glockenschläge fasst. Er widmet ihnen einen halben Tag oder so in der Abgeschiedenheit seines Büros, so viel Zeit muss sein.

Er gibt Frau Rehm also Stufe zwei, das heißt, nur

extern zu erreichen, und auch das nicht von jedem, und setzt sich vis-à-vis in den Besucherstuhl. Er hat vor, durchaus kritisch zu sein, auch und gerade gegenüber sich selbst. Deshalb diese Sitzordnung.

Eigenmanns Neujahrsvorsätze gehorchen alle seinem Generalvorsatz, nie den gleichen Fehler zweimal zu machen. So ist also seine Suche nach guten Vorsätzen nichts anderes als die Suche nach vergangenen Fehlern. Und dabei sind ganz explizit berufliche gemeint. Privat hat er diesbezüglich keine Probleme. Und auch im Beruf verlangt der Vorgang der Fehlersuche ein systematisches Vorgehen.

Eigenmann lehnt sich im Besucherstuhl zurück, hält den Kopf schräg und blickt auf den Sessel hinter dem Pult mit der dicken Glasplatte, auf dem er im vergangenen Jahr so viele Stunden seiner teuren Arbeits- und kostbaren Freizeit verbracht hat. Was hat der Mann, der sonst in diesem Sessel sitzt, falsch gemacht? In Bezug auf Struktur, Human Resources, Kostenmanagement, Innovation, Führung, Markt, in Bezug auf irgendeines seiner Tätigkeitsfelder. Was?

Nichts? Kann nicht sein, jeder macht einen Fehler. Einmal. Vielleicht ist die Frage falsch gestellt.

Wo hat also der Mann auf diesem Stuhl, um den er weiß Gott nicht zu beneiden ist, wo hat dieser gewiss nicht unfehlbare Auch-nur-Mensch Schwächen gezeigt? Unsicherheiten? Weichheiten? Gutgläubigkeiten? Zögerlichkeiten? Zimperlichkeiten? Sentimentalitäten? Irgendetwas, verdammt noch mal, kann ja auch etwas Kleines sein, etwas, das nicht unbedingt nach der großen, der radikalen Korrektur schreit. Etwas für die weniger Selbstkritischen unter seinen Kollegen Lässliches?

Eigenmann geht im Geiste das vergangene Jahr durch. Zuerst die Höhepunkte, dann die Tiefpunkte, dann die Ereignisse am Rande, dann das Daily Business. Resultat: negativ. Schon da und dort etwas, was er anders hätte machen können. Aber besser?

So verbringt Bruno Eigenmann am ersten Arbeitstag des neuen Jahres ein paar anstrengende Stunden auf der redlichen Suche nach vergangenen Fehlern, die er kein zweites Mal machen will. Durch die Vorzimmertür summt leise die Geschäftigkeit des späten Nachmittags, und von draußen gießt sich die Dämmerung ins Büro. Und wie er sich auf seinem Besucherstuhl so gegenübersitzt und sich vergeblich nach Fehlern zerfleischt, plötzlich das Déjà-vu: Er, Eigenmann, in der gleichen Situation, mit dem gleichen Resultat ein Jahr zuvor.

Und er nimmt sich vor, den gleichen Fehler wenigstens kein drittes Mal zu machen.

Michel de Montaigne

Es ist nichts als Wankelmut

Ich traue den Menschen die Beständigkeit weniger leicht als alles andere zu, und die Unbeständigkeit leichter als alles andere.

Unsere gewöhnliche Lebensart ist es, je nach den Neigungen unseres Verlangens nach links, nach rechts, bergauf und bergab zu gehen, so wie der Wind der Gelegenheiten uns fortträgt; wir denken daran, was wir wollen, erst in dem Augenblick, da wir es wollen, und ändern uns wie jenes Tier, das die Farbe des Ortes annimmt, an den man es bringt. Was wir zu dieser Stunde uns vorgenommen, davon gehen wir bald wieder ab, und bald kommen wir darauf zurück: Es ist nichts als Wankelmut.

Italo Svevo
Die letzte Zigarette

Ich erinnere mich, dass ich viel geraucht habe, versteckt an allen möglichen Orten. Da heftige physische Übelkeit die Folge war, erinnere ich mich an einen halbstündigen Aufenthalt in einem dunklen Keller, zusammen mit zwei anderen Jungen, von denen mir nur das Knabenhafte der Kleidung im Gedächtnis geblieben ist: Zwei Paar kurze Hosen, die stramm dastanden, weil ein Körper darin steckte, den die Zeit nun in nichts aufgelöst hat. Wir hatten viele Zigaretten und wollten sehen, wer in kurzer Zeit mehr davon wegpaffen konnte. Ich gewann, und heroisch verbarg ich die Übelkeit, die für mich Resultat der sonderbaren Übung war. Dann gingen wir hinaus an die Sonne und an die frische Luft. Ich musste die Augen schließen, um nicht ohnmächtig umzufallen. Ich erholte mich und rühmte mich meines Sieges. Da sagte einer der beiden kleinen Männer zu mir:

»Mir macht's nichts, dass ich verloren habe, denn

ich rauche nur so viel, wie ich unbedingt rauchen muss.«

An diesen gesunden Ausspruch erinnere ich mich deutlich, nicht aber an das bestimmt ebenfalls gesunde kleine Gesicht, das mir in jenem Augenblick zugewandt gewesen sein muss.

Aber damals wusste ich nicht, ob ich die Zigarette, ihren Geschmack und den Zustand, in den das Nikotin mich versetzte, liebte oder hasste. Als ich wusste, dass ich all dies hasste, war es schlimmer. Und ich wusste es mit ungefähr zwanzig Jahren. Da litt ich ein paar Wochen lang an heftigem Halsweh mit Fieber. Der Doktor verordnete Bettruhe und absolutes Rauchverbot. Ich erinnere mich an dieses Wort *absolut!* Es traf mich tief, und das Fieber malte es aus: eine große Leere und nichts, um dem enormen Druck standzuhalten, der sofort rings um eine Leere entsteht.

Als der Arzt gegangen war, blieb mein Vater noch ein Weilchen (meine Mutter war seit vielen Jahren tot), qualmte seine Zigarre und leistete mir Gesellschaft. Beim Weggehen fuhr er mir sanft mit der Hand über die Stirn und sagte:

»Nicht rauchen, hm!«

Da überkam mich eine ungeheure Erregung. Ich dachte: »Da es mir nun einmal schadet, werde ich nie mehr rauchen, aber zuvor will ich es ein letztes Mal tun.« Ich zündete mir eine Zigarette an, und sofort fiel alle Erregung von mir ab, obwohl das Fieber vielleicht stieg und ich bei jedem Zug ein Brennen an den Mandeln fühlte, als ob sie mit einem glühenden Holzscheit berührt worden wären. Mit der Gewissenhaftigkeit, mit der man ein Gelübde erfüllt, rauchte ich die Zigarette ganz zu Ende. Und ich rauchte noch viele andere während der Krankheit, jedes Mal unter fürchterlichen Schmerzen. Mein Vater ging hin und her mit seiner Zigarre im Mund und sagte zu mir:

»Sehr brav! Noch ein paar Tage Enthaltsamkeit beim Rauchen, und du bist gesund!«

Dieser Satz genügte. Ich verspürte nur noch den Wunsch, dass er so rasch wie möglich gehen möge, damit ich zu meiner Zigarette eilen konnte. Ich stellte mich auch schlafend, nur damit er eher hinausging.

Diese Krankheit trug mir mein zweites Leiden ein: das Bemühen, vom ersten loszukommen. Zuletzt waren meine Tage angefüllt mit Zigaretten und mit Vorsätzen, nicht mehr zu rauchen, und, um gleich alles zu sagen, von Zeit zu Zeit sind sie es immer noch. Der Reigen der letzten Zigaretten, der mit zwanzig eröffnet wurde, dreht sich immer noch. Der Vorsatz ist nur weniger streng geworden, und meine Schwäche trifft in meinem alt gewordenen Gemüt auf mehr Nachsicht. Im Alter lächelt man über das

Leben und über alles, was dazugehört. Ja, ich kann sagen, dass ich seit einer gewissen Zeit viele Zigaretten rauche… die nicht die letzten sind.

Auf dem Titelblatt eines Wörterbuchs finde ich in Schönschrift und mit ein paar Schnörkeln verziert diese Eintragung von mir:

»Heute, am 2. Februar 1886, wechsle ich vom Jura- zum Chemiestudium. Letzte Zigarette!!«

Das war eine sehr wichtige letzte Zigarette. Ich erinnere mich an all die Hoffnungen, von denen sie begleitet war. Ich hatte mich über das Kanonische Recht geärgert, das mir so weltfremd vorkam, und nun lief ich zu der Wissenschaft über, die das Leben selbst ist, wenn auch reduziert auf ein Reagenzglas. Diese letzte Zigarette stand eben für den Wunsch nach Betätigung (auch manueller Art) und nach einem klaren, nüchternen und soliden Denken.

Um der Kette der Kohlenstoffverbindungen zu entrinnen, an die ich nicht glauben konnte, kehrte ich zur Rechtswissenschaft zurück. Leider! Das war ein Irrtum, und auch er wurde mit einer letzten Zigarette verzeichnet, deren Datum ich in irgendeinem Buch aufgezeichnet finde. Auch diese war wichtig, resigniert und mit den besten Vorsätzen kehrte ich zu den Verwicklungen von mein, dein und sein zurück, wodurch ich endlich die Verkettungen der Kohlenstoffmoleküle löste. Ich hatte mich für Chemie als wenig geeignet erwiesen, nicht zuletzt wegen meiner fehlenden manuellen Geschicklichkeit. Woher hätte ich die auch haben sollen, wenn ich weiterhin rauchte wie ein Schlot?

Jetzt, wo ich dabei bin, mich zu analysieren, befällt mich ein Zweifel: Ob ich die Zigarette vielleicht deshalb so sehr geliebt habe, damit ich die Schuld für meine Unfähigkeit auf sie abwälzen konnte? Wer weiß, ob ich, wenn ich mit dem Rauchen aufgehört hätte, zu jenem Ideal eines starken Mannes geworden wäre, das ich von mir erwartete? Vielleicht war es dieser Zweifel, der mich an mein Laster fesselte, denn es ist ja so bequem, sich dank einer latenten Größe für groß zu halten. Ich stelle diese Hypothese auf, um meine jugendliche Schwäche zu erklären, aber ohne rechte Überzeugung. Jetzt, da ich alt bin und niemand mehr etwas von mir verlangt, gehe ich trotzdem noch von der Zigarette zum Vorsatz und vom Vorsatz zur Zigarette über. Was haben diese Vorsätze heute zu bedeuten? Möchte ich vielleicht, wie jener alte Gesundheitsapostel, den Goldoni schildert, gesund sterben, nachdem ich das ganze Leben lang krank gelebt habe?

Als Student bin ich einmal umgezogen, und da musste ich auf meine Kosten die Wände des Zimmers tapezieren lassen, weil ich sie mit Daten vollgekritzelt hatte. Vermutlich zog ich aus diesem Zimmer aus, eben weil es zur Grabstätte meiner guten Vorsätze geworden war und ich es nicht mehr für möglich hielt, an diesem Ort neue zu fassen.

Ich finde, die Zigarette hat einen intensiveren Geschmack, wenn es die letzte ist. Auch die anderen haben ihren besonderen Geschmack, aber weniger intensiv. Die letzte bezieht ihre Würze aus dem Gefühl des Sieges über sich selbst und aus der Hoffnung auf eine baldige Zukunft voller Kraft und Gesundheit. Die anderen haben ihre Bedeutung, denn indem man sie anzündet, behauptet man die eigene Freiheit, und die Zukunft voller Kraft und Gesundheit bleibt zwar weiter bestehen, rückt allerdings etwas ferner.

Die Daten an den Wänden meines Zimmers waren in den unterschiedlichsten Farben gemalt, auch in Öl. Der Vorsatz, jedes Mal in Treu und Glauben von Neuem gefasst, fand seinen entsprechenden Ausdruck in der Intensität der Farbe, welche die für den vorherigen Vorsatz aufgewendete zum Verblassen bringen musste. Bestimmte Daten mochte ich besonders gern wegen ihrer übereinstimmenden Zahlenfolge. Aus dem vorigen Jahrhundert erinnere ich mich an ein Datum, das, wie mir schien, für immer den Sarg verschließen würde, in den ich mein Laster betten wollte: »Neunter Tag des neunten Monats des Jahres 1899«. Bedeutungsvoll, nicht wahr? Das neue

Jahrhundert bescherte mir noch viel klangvollere Daten: »Erster Tag des ersten Monats des Jahres 1901«. Noch heute scheint mir, ich wäre imstande, ein neues Leben zu beginnen, wenn sich dieses Datum wiederholen könnte.

Aber im Kalender ist an Daten kein Mangel, und mit etwas Phantasie ließe sich jedes von ihnen mit einem guten Vorsatz in Einklang bringen. Da es mir einen im höchsten Maße kategorischen Imperativ zu enthalten schien, erinnere ich mich an das Folgende: »Dritter Tag des sechsten Monats des Jahres 1912, 24 Uhr«. Das klingt, als würde mit jeder Zahl der Einsatz verdoppelt.

Das Jahr 1913 machte mich einen Moment lang stutzig. Es fehlte der dreizehnte Monat, um ihn mit dem Jahr abzustimmen. Aber man glaube nun nicht, man bräuchte so recht viele Übereinstimmungen in einem Datum, um eine letzte Zigarette gebührend hervorzuheben. Viele Daten, die ich in Lieblingsbüchern oder auf Lieblingsbildern verzeichnet finde, fallen durch ihre Formlosigkeit auf. Zum Beispiel der dritte Tag des zweiten Monats des Jahres 1905, sechs Uhr! Wenn man es recht bedenkt, hat das auch seinen Rhythmus, denn jede einzelne Zahl negiert die vorhergehende. Viele Ereignisse, vielmehr alle, vom Tod Pius' IX. bis zur Geburt meines Sohnes, erschienen es mir wert, mit dem üblichen eisernen Vorsatz würdig begangen zu werden. Meine Verwandten staunen über mein Gedächtnis für die frohen und traurigen Jahrestage in der Familie und halten mich für sehr liebenswürdig!

Um nicht vor mir selbst dumm dazustehen, versuchte ich dieser Krankheit mit der letzten Zigarette einen philosophischen Gehalt zu geben. Mit großartiger Gebärde sagt man: »Nie mehr wieder!« Aber was wird aus der Gebärde, wenn man das Versprechen hält? Die Gebärde kann man nur dann ausführen, wenn der Vorsatz immer wieder erneuert werden muss.

Nicht weil es schwer ist, wagen wir es nicht, sondern weil wir es nicht wagen, ist es schwer.

Seneca

Egon Friedell
Praktische Lebenskunst

Da ich nicht annehmen kann, dass meine Privatmarotten für die Öffentlichkeit hinlänglich interessant sind, so möchte ich nur einige allgemeine Lebensregeln mitteilen, die sich mir im Laufe der Jahre bewährt haben und von denen ich glaube, dass sie auch anderen nicht schaden dürften.

1. Mache dir im Vornhinein eine genaue Zeiteinteilung, womöglich für die ganze Woche, jedenfalls aber immer für den nächsten Tag, und halte sie genau ein. Es kommt dabei gar nicht darauf an, dass du eine besonders große Anzahl von Stunden der Arbeit reservierst, sondern nur darauf, dass du in der Zeit, die du der Arbeit bestimmt hast, auch wirklich arbeitest. Du kannst ruhig in deine Tabelle setzen: von 4 bis 6 Uhr nachmittags rauchen und in die Luft starren; du kannst überhaupt alles Denkbare hineinsetzen, wenn es dir angenehm oder ersprießlich erscheint: Die Hauptsache ist, dass du es einhältst.

2. Lasse nie einen unangemeldeten Besuch zu dir: Ein unerwarteter, der zehn Minuten bleibt, irritiert dich für den ganzen Tag; ein vorgesehener, den du mit zwei Stunden eingestellt hast, fügt sich reibungslos in dein Tagewerk.

3. Besuche so selten wie möglich ein Kaffeehaus. Selbst so genannte »überbürdete« Menschen trifft man sehr oft im Kaffeehaus, das ihnen die Zeit stiehlt, ohne ihnen dafür eine wirkliche Rekreation zu bieten. Würden sie diese Zeit mit wahrer Erholung (zum Beispiel: träumend in der Sonne liegen) oder Aufarbeitung ihrer Arbeitsrückstände ausfüllen, so wären sie weder übermüdet noch überbürdet.

4. Schlafe mindestens acht Stunden; es gibt aber auch Menschen, die zehn Stunden brauchen. Es ist eine ganz falsche Rechnung, wenn man glaubt, durch Früheraufstehen Zeit zu gewinnen. Um das, was man dem Schlaf entzogen hat, wird die Arbeit nicht nur langsamer, sondern auch lustloser, also in doppelter Hinsicht entwertet.

5. Emanzipiere dich vom Mittagessen: Es kostet dich mitten im Tage mindestens zwei Stunden Verdauung und dadurch verursachte Gehirnlähmung. Nimm einige Schnitten Weißbrot und dazu abwechselnd einen Teller Fleischbrühe oder ein Trinkei oder ein Glas Yoghurt oder eine Tasse Milchkaffee oder eine Portion gekochte Pflaumen (aber nicht alles auf

einmal). Anfangs wirst du etwas Hungergefühl empfinden, in zwei Wochen wirst du daran gewöhnt sein.

6. Verbringe dein Leben teils (möglichst rasch) gehend, teils ausgestreckt liegend, aber sitzend oder stehend nur in jener Zeit, wo du durch äußere Umstände dazu gezwungen bist. Besonders das Sitzen ist ein ungesunder und unnatürlicher Unfug, der uns nur nicht zum Bewusstsein kommt, weil wir in ihm von Jugend auf erzogen sind. Das Sitzen ist eine der vielen infamen und menschenfeindlichen Erfindungen der Neuzeit. Die Orientalen verbringen seit Jahrtausenden ihr Dasein im liegenden Zustand; die Griechen und Römer lagen, wie jedermann weiß, sogar beim Essen. Kein Tier sitzt von Natur, Hund und Katze tun es hier und da, weil sie schon so lange in der korrumpierenden Gesellschaft des Menschen leben; Kuh, Pferd oder Löwe tun es nie, außer im Zirkus. Liegender Zustand erzeugt in uns Milde, Objektivität, Gleichgewicht, Überlegenheit; Sitzen erzeugt Nervosität, Geldgier, Malice, Unzufriedenheit.

7. Was schließlich den Alkohol anlangt, so glaube ich, dass er bei allen Tätigkeiten, die exaktes strenges Denken erfordern, absolut von Übel ist. Rechnungsmethode, scharfe logische Operationen, Gruppierung von Analogien, Überblicken langer Tatsachenreihen: Dies und dergleichen ist mit Alkoholgenuss

natürlich unvereinbar. Aber wenn es sich um blitzartiges Erfassen weit auseinander liegender Zusammenhänge, um kühne, ja absurde Assoziationen, um neuartige Kombinationen handelt, kann er oft von Nutzen sein. Die Vorstellungen, die in unserem nüchternen geordneten Denken unzertrennbar miteinander verknüpft sind, lösen sich plötzlich auseinander, wenn die normalen Hemmungen der Logik und das Kausalitätsgefühl fortfallen, und neue Verbindungen sind möglich. Und im Übrigen glaube ich, dass die Menschheit den Alkohol so lange brauchen wird, als sie genötigt sein wird, sich über ihre eigene Unzulänglichkeit hinwegzutäuschen; also vermutlich noch ziemlich lange.

Palinurus

Vorsatz zum neuen Jahr

Einen Stein lockern, damit alle anderen nachfolgen. Fettleibigkeit ist ein Geisteszustand, eine Krankheit, verursacht durch Apathie und Enttäuschung; Gier, wie auch die Liebe zur Bequemlichkeit, ist eine Form der Angst. Die eine Möglichkeit des Abnehmens besteht darin, dem Leben wieder eine Richtung zu geben.

Daher muss ein guter Autor im Training bleiben: Wenn er sechs Kilo zu schwer ist, dann verkörpern diese Kilo ebenso viel zusätzliche Völlerei, ebenso viel lähmende Faulheit; letztlich eine Abstumpfung der Sensibilität. Es gibt nur zwei Arten, ein guter Schriftsteller zu sein: Wie Homer, Shakespeare oder Goethe das Leben im Ganzen zu bejahen, oder wie Pascal, Proust, Leopardi, Baudelaire seine Schrecken niemals aus den Augen zu verlieren.

Der Weg zur Hölle ist mit guten Vorsätzen gepflastert, nicht mit schlechten.

George Bernard Shaw

Daniil Charms

Für jeden Tag

Plan.

Ungeachtet finanzieller Erfolge und Misserfolge, täglich das Folgende tun:

1) Mindestens 10 Gedichtzeilen schreiben.
2) Mindestens eine Seite Prosa im Heft schreiben.
3) Etwas über Religion oder Gott lesen, oder die Wege hinzugelangen, mindestens drei Seiten. Über das Gelesene nachdenken.
4) Die auferlegte Gymnastik treiben.
5) Abends Briefe schreiben an Iti (ITI).

Gute Vorsätze sind Schecks, die man auf eine Bank ausstellt, bei der man kein Konto hat.

Oscar Wilde

James Boswell

Samuel Johnsons Denkzettel

Genau einen Monat vorher, an seinem einundfünfzigsten Geburtstag, hatte er folgenden Denkzettel aufgesetzt, wie er es von Zeit zu Zeit zu tun pflegte:

›18. Sept. 1760, mir vorgenommen,
D[eo] j[uvante]
Gefühl von Verpflichtung zu bekämpfen,
geistiger Arbeit zu obliegen,
Phantasie zu zügeln,
die Vorsätze an Tettys Sarg zu beherzigen,
früh aufzustehen,
Religionsstudien zu treiben,
zur Kirche zu gehen,
weniger Alkohol zu trinken,
ein Tagebuch zu führen,
der Trägheit entgegenzuwirken durch
Erledigung dessen, was morgen zu tun ist,
so früh als möglich aufstehen,

Bücher über Kriegsgeschichte kommen lassen,
meine Bücher ordnen,
Lebensplan.‹

Stefano Benni

Aller Anfang ist schwer

Es war einmal ein Mann, der schaffte es nie, die Dinge, die er anfing, zu Ende zu bringen. Er sah ein, dass es so nicht weitergehen konnte. Und so stand er eines Morgens auf und sprach: »Ich habe die Entscheidung getroffen: Von nun an werde ich alles, was ich anfan…«

F. Scott Fitzgerald

Gatsbys Stundenplan

Er klappte den hinteren Buchdeckel auf und drehte das Buch so herum, dass ich lesen konnte, was dort stand. Auf der letzten Seite sah ich das Wort STUNDENPLAN, daneben das Datum 12. September 1906. Und darunter:

Aufstehen	6 Uhr
Hanteltraining, Kletterübungen	6.15– 6.30 Uhr
Elektrizitätslehre etc. lernen	7.15– 8.15 Uhr
Arbeiten	8.30–16.30 Uhr
Baseball und Sport	16.30–17.00 Uhr
Freie Rede und sicheres Auftreten üben	17.00–18.00 Uhr
Über nötige Erfindungen nachdenken	19.00–21.00 Uhr

ALLGEMEINE VORSÄTZE

Keine Zeit vergeuden bei Shafters oder (unleserlicher Name)

Keine Zigaretten, kein Kautabak
Alle zwei Tage baden
Jede Woche ein gutes Buch oder eine anspruchsvolle Zeitschrift lesen
$ 5 (durchgestrichen) $ 3 pro Woche sparen
Eltern netter behandeln

Friedrich Nietzsche
Glück und Ernüchterung

Pläne machen und Vorsätze fassen bringt viel gute Empfindungen mit sich; und wer die Kraft hätte, sein ganzes Leben lang nichts als ein Pläne-Schmiedender zu sein, wäre ein sehr glücklicher Mensch; aber er wird sich gelegentlich von dieser Tätigkeit ausruhen müssen dadurch, dass er einen Plan ausführt – und da kommt der Ärger und die Ernüchterung.

Martin Suter

Sorgen um die Zukunft

Und? Wie fühlst du dich?«

»Ach, wie immer in diesen Tagen: etwas mulmig.«

»Verständlich.«

»Je näher es rückt, desto nervöser wird man.«

»Jetzt ist es ja dann bald raus. Wenn du weißt, womit du es zu tun hast, kannst du dich auch darauf einstellen.«

»Ach, ich weiß nicht. Die Ungewissheit ist schon schlimm, aber die Gewissheit ist meistens auch kein Zuckerschlecken.«

»Hast du wirklich keine Ahnung?«

»Keinen blassen Schimmer. Aber ich rechne mit dem Schlimmsten.«

»Schlimmer als damals mit den Ehewochenenden kann es ja nicht werden.«

»Ehewochenenden?«

»Als er jedes Wochenende, in dem die Zahl acht vorkam, total auf dich einging.«

»Die Togetherness-Weekends. Zweitausendundzwei. Neun Wochenenden mit acht! Vier davon Wellness im Schwarzwald!«

»Mit Partnermassage!«

»Hör auf!«

»Pardon.«

»Das war gar nichts gegen die Gourmet-Saturdays.«

»Als er gekocht hat?«

»Jeden sechsten Samstag. Weißt du, wie viele das sind im Jahr?«

»Bestimmt mehr, als man denkt.«

»Acht! Acht Mal im Jahr: ›Haben wir eine gusseiserne Pfanne mit gut schließendem Deckel?‹, ›Wieso haben wir keine Spicknadel?‹, ›Womit streicht man einen Teelöffel Salz?‹, ›Was ist ein Schaumlöffel?‹, ›Wo sind die Teller, Tassen, Schüsseln, Pfannen, Messer, Gabeln?‹ Acht Mal im Jahr bis weit nach Mitternacht versuchen, mit verschiedenen Umweltgiften die Küche wieder halbwegs sauber zu kriegen.«

»Und dann musstest du das Zeug ja auch noch essen.«

»Und loben!«

»Relax. Schlimmer kann es nicht werden.«

»Das dachte ich damals auch. Und dann kam das Work-Life-Balance-Year.«

»Ach ja, das war, als er manchmal nicht so spät nach Hause kam.«

»Unangemeldet! Da sitzt du gemütlich mit den Kindern vor dem Fernseher und isst eine Fertigpizza, und wer kommt nach Hause und ruft schon im Korridor: ›Mmmmh, wie das duftet!‹«

»Auch nicht einfach.«

»Und er kam mit in die Ferien! Nicht wie sonst, später kommen, früher abreisen und dazwischen am Handy hängen: richtig gemeinsam anreisen, Sandburgen bauen und Ausflüge in die Umgebung organisieren.«

»Ich würde durchdrehen.«

»Was glaubst du, woher Katja ihre Essstörungen hat?«

»Ich dachte, die stammen vom Quality-Time-Jahr. Als er mit den Kindern Aufgaben machte und Aufklärungsgespräche führte.«

»So genau lässt sich das bei Katja nicht festmachen, sagt der Psychologe, das Quality-Time-Jahr folgte ja direkt auf das Work-Life-Balance-Jahr. Nicht wie bei Luca. Der hat seine Übergewichtsprobleme eindeutig vom Family-Fitness-Jahr.«

»Das war damals, als die ganze Familie jeden Morgen um sechs Uhr …«

»Erinnere mich bitte nicht daran. Sei froh, dass deiner raucht.«

»Wieso?«

»Dann weißt du wenigstens jedes Mal, was er sich für das neue Jahr vornimmt.«

Fridolin Tschudi

Alle Jahre wieder

Man nahm sich vor, sich nichts mehr vor-
zunehmen,
und musste, gegen Logik längst immun,
sich dennoch dann zum Gegenteil bequemen,
um das, was man nicht wollte, prompt zu tun.

Den Vorsatz, keinen Vorsatz mehr zu fassen,
damit man völlig unbefangen sei,
begann man konsequent zu unterlassen
und fühlte sehr erleichtert sich dabei.

Ein guter Vorsatz soll ja nur enthüllen,
dass er gewillt ist (und das ist schon viel),
als Wunsch von vornherein sich zu erfüllen,
im Hinblick auf das unerreichte Ziel.

Man nimmt sich wieder vor, danach zu streben,
in nächster Zeit, das heißt im neuen Jahr,
auf jeden Fall vorbildlicher zu leben,
als man bisher gelebt hat offenbar.

Das gilt für den, der dies hier unterschreibt,
selbst dann, wenn's bloß beim schlichten Vorsatz
bleibt.

Michel de Montaigne
Lebensregeln

Ein junger Mann muss seine Regeln umstoßen können, um seine Spannkraft wachzuhalten und sie vor Schimmel und Fäulnis zu bewahren; und keine Lebensart ist so töricht und schwach wie jene, die sich nach Zucht und Vorschrift richtet.

Denke immer daran, dass es nur eine allerwichtigste Zeit gibt, nämlich: Sofort!

Leo Tolstoi

Evelyn Waugh
Schon wieder Massage?

Beim Frühstück am nächsten Morgen sagte sie zu Tony: »Ich habe mir fürs neue Jahr einen Vorsatz genommen.«

»Könnte es sein, dass du in Zukunft mehr Zeit zu Hause verbringen wirst?«

»Nein, nein, ganz im Gegenteil! Hör zu, Tony, ich mein's ernst. Ich glaube, ich will mich für irgendeinen Kursus einschreiben.«

»Schon wieder Massage? Ich dachte, das wäre vorbei!«

»Nein, Volkswirtschaft oder so etwas. Weißt du, ich habe mir überlegt, dass ich im Augenblick wirklich überhaupt nichts tue. Hier im Haus läuft alles von allein. Ich finde, es ist an der Zeit, dass ich mich irgendeiner Sache widme. Du hast doch immer davon geredet, ins Parlament zu gehen. Also, wenn ich nun einen Kurs in Volkswirtschaft absolvieren würde, könnte ich mich im Wahlkampf nützlich machen, Reden schreiben und so. Wie Marjorie für Allan, als er für Clyside aufgestellt war, weißt du. In London gibt es alle möglichen Vorlesungen, organisiert von der Universität, zu denen auch Mädchen hingehen. Findest du nicht, dass es eine gute Idee ist?

»Immerhin besser als Massage«, räumte Tony ein.

Und so begann das neue Jahr.

Kurt Tucholsky

Vorsätze

Ich will den Gänsekiel in die schwarze Flut tauchen. Ich will einen Roman schreiben. Schöne, wahre Menschen sollen auf den Höhen des Lebens wandeln, auf ihrem offenen Antlitz soll sich die Freiheit widerspiegeln…

Nein. Ich will ein lyrisches Gedicht schreiben. Meine Seele werde ich auf sammetgrünem Flanell betten, und meine Sorgen werden kreischend von dannen ziehen…

Nein. Ich will eine Ballade schreiben. Der Held soll auf blumiger Au mit den Riesen kämpfen, und wenn die Strahlen des Mondes auf seine schöne Prinzessin fallen, dann…

Ich will den Gänsekiel in die schwarze Flut tauchen. Ich werde meinem Onkel schreiben, dass ich Geld brauche.

Wilhelm Busch

Oktroyierte Verfassung

vom 22. September 1851 in Kraft:

§1 Besagtem W. B. wird aufgegeben, sich morgens 7½ Uhr aus den Federn zu erheben. N. B. früher, wenn's beliebt.

§2 Bis halb neun muss er mit Anziehen, Kaffeetrinken, seiner Morgenpfeife etc. unwiderruflich zu Ende sein.

§3 Von halb neun bis zwölf Uhr mittags hat er möglichst fleißig auf der Akademie zu arbeiten.

§4 Von zwölf bis halb zwei ist Bummelns- resp. Essenszeit wie auch die Zeit für Besuche der Bibliothek.

§5 Von ½ 2 bis zum Dunkelwerden: Arbeiten auf der Akademie.

§6 Vom Dunkelwerden bis zum Aktzeichnen ad libitum zu verfahren.

§7 Das Aktzeichnen ist nie zu versäumen.

§8 Die übrigbleibende Abendzeit ist vorzüglich dem Studium der Geschichte und der Komposition zu widmen. N. B. zu Abend speisen und Pfeife zu schwelgen ist nicht untersagt.

§9 Von den genannten Paragraphen des Tages ist nur mit Einwilligung des Verstandes und Gemütssinns eine Abweichung gestattet.

§10 Für den Sonntag gelten die vorherigen Paragraphen nicht; die Benutzung desselben steht ganz in der Willkür des oben genannten Individuums. Von Mitte Oktober an treten alle jene Paragraphen in Wirksamkeit. Für jede Widersetzlichkeit wird besagtes Subjekt-Objekt von einem moralischen Katzenjammer höchst malträtiert werden.

Es gibt bereits alle guten Vorsätze, wir brauchen sie nur noch anzuwenden.

Blaise Pascal

Erich Kästner

Warnung

Ein Mensch, der Ideale hat,
der hüte sich, sie zu erreichen.
Sonst wird er eines Tages, statt
sich selbst andren Menschen gleichen.

Sibylle Berg

Helfen gute Vorsätze im neuen Jahr?

Da wachen sie auf, kriechen aus ungemachten Betten. Wie die riechen nach zwei Wochen! Lüften, ja man könnte lüften. Fenster auf. Meine Güte. Wie sieht das hier aus. Der Weihnachtsbaum ist abgebrannt. Hat das denn keiner gemerkt? »Rüdiger, hast du nicht gemerkt, dass der Baum brennt, Rüdiger?« Rüdiger liegt im Bett. Ist er tot? Vielleicht schläft er auch noch. Eine Gänsekeule ragt aus seinem Mund, oder aus dem Bauch. Kinder. Was machen die Kinder? Gott sei Dank, wir haben keine Kinder, sonst wäre das dumm gelaufen. Die Brückentage, Weihnachten, Silvester – jedes Jahr dasselbe Elend. Nach zwei Tagen beginnt der Mensch zu verrotten. Er hat genug Filme gesehen, die in New York irgendwo um den Gramercy Park spielen, mit gutaussehenden Menschen, die in verrückten Buchverlagen arbeiten.

»Rüdiger, so sag doch was.« Morgen geht die Arbeit wieder los. Nicht in einem kleinen Buchladen in New York, sondern in einer Rückversicherungsgesellschaft in Spandau. Großraumbüro – all die alten Nasen werden wieder da sein, mit ihren Keksen und ihren Fotos: Der Baum … Sie wissen schon, und das ist meine Nichte … Das neue Jahr. Es wird genauso weitergehen, wie das alte geendet hat. Furchtbar. Rüdiger hustet. Er lebt. Er ist Ingenieur. Will sich umorientieren. Schnupperkurs in der KFZ-Branche. Himmel, ist das alles ein Elend! Die Frau torkelt ins Bad, das Grauen. Zehn Kilo mehr, und alle im Gesicht. Aus dem Hals könnte man zehn Hälse für Afrika machen. Überall diese Pizzaschachteln, Truthahnüberreste in der Küche. Schokolade klebt am Sofa. Das hatten sie jetzt vierzehn Tage nicht verlassen. Aber wo sollten Leute wie sie denn Weihnachten auch hingehen, in Berlin? Alle sind zu Hause in Schwäbisch Gmünd; die Weltstadt ist geschlossen. Bleich sinkt sie aufs Bett. Sie muss einen Vorsatz fassen. Viele Vorsätze, für das neue Jahr, das von draußen träge in die Wohnung schaut und mit dem Paar eigentlich nichts weiter zu tun haben will.

»Ich muss Sport machen«, sagt Rüdiger. Weniger essen, begeisterungsfähiger werden. Neugierig sein wie ein junger Luchs und die Rückversicherungsagentur federn, dort dem Chef mal so richtig sagen …«

Ja, was denn nur? Weniger trinken. Aber wer soll denn zehn Grad minus und einen bleigrauen Himmel ertragen ohne einen gepflegten Rausch? Vorsätze.

Die Hoffnung der Müden, der Zahnradteilchen des Kapitalismus, der Basis des Staates, dass sich das Schicksal zum Guten wendet. Vorsätze, ein Pakt mit dem Universum: Ich werde abnehmen, mich disziplinieren, ich werde den Ironman mitmachen, und dann musst du, Schicksal, mich belohnen. Mit einem Leben, das sich nicht anfühlt wie Tütensuppe. Ein kleiner Deal, komm schon. Aber da kommt keiner. Da ist keiner zu Hause im Himmel, das war ein Märchen. Der Gott, das Schicksal, das Karma – alles ein Märchen. Und es wird alles genauso weitergehen.

»Endlich eine Sprache lernen«, schreibt sie auf die Liste. Und dann schläft sie ein.

»Frohes neues Jahr murmelt das neue Jahr angeekelt durchs Fenster.

Reserviert für
Ihre persönlichen Vorsätze

Nachweis

Victor Auburtin (5. September 1870, Berlin – 28. Juni 1928, Garmisch-Partenkirchen)
Ich fange ein neues Leben an. Aus: Victor Auburtin, *Sündenfälle. Feuilletons.* Herausgegeben von Heinz Knobloch. Rütten & Loening, Berlin, 1979

Stefano Benni (* 12. August 1947, Bologna)
Aller Anfang ist schwer (Titel vom Herausgeber). Aus dem Italienischen von Pieke Biermann. Aus: Stefano Benni, *Die Bar auf dem Meeresgrund.* Copyright © 1999 by Verlag Klaus Wagenbach, Berlin

Sibylle Berg (* 2. Juni 1962, Weimar)
Helfen gute Vorsätze im neuen Jahr, und wenn ja, wem? Aus: Sibylle Berg, *Wie halte ich das nur alles aus?* Copyright © 2013 by Carl Hanser Verlag, München

James Boswell (29. Oktober 1740, Edinburgh – 19. Mai 1795, London)
Samuel Johnsons Denkzettel (Titel vom Herausgeber). Aus: James Boswell, *Dr. Samuel Johnson.* Herausgegeben und aus dem Englischen von Fritz Güttinger. Diogenes Verlag, Zürich, 2008

Wilhelm Busch (15. April 1832, Wiedensahl – 9. Januar 1908, Mechtshausen)
Die guten Ausflüchte sind das beliebteste Trottoir und *Oktroyierte Verfassung.* Aus: Wilhelm Busch, *Sämtliche Briefe.* Kommentierte Ausgabe in 2 Bänden. Schlütersche Verlagsgesellschaft, Hannover 1982

Daniil Charms (30. Dezember 1905, Sankt Petersburg – 2. Februar 1942, ebenda)
Für jeden Tag. Aus dem Russischen von Alexander Nitzberg. Aus: Daniil Charms, *Werke in vier Bänden.* Erschienen bei Galiani Berlin im Verlag Kiepenheuer & Witsch Copyright © 2011 by Verlag Kiepenheuer & Witsch GmbH & Co. KG, Köln

Doris Dörrie (* 26. Mai 1955, Hannover)
Apples heimliche Liste (Titel vom Herausgeber). Auszug aus: Doris Dörrie, *Alles inklusive*. Copyright © 2011 by Diogenes Verlag, Zürich

Helen Fielding (* 19. Februar 1958, Morley)
Bridget Jones Tagebuch (Titel vom Herausgeber). Aus dem Englischen von Ariane Böckler. Auszug aus: Helen Fielding, *Schokolade zum Frühstück. Das Tagebuch der Bridget Jones.* Copyright © 1997 by Wilhelm Goldmann Verlag, München, in der Verlagsgruppe Random House GmbH

F. Scott Fitzgerald (24. September 1896, Saint Paul – 21. Dezember 1940, Hollywood)
Gatsbys Stundenplan (Titel vom Herausgeber). Aus dem Amerikanischen von Bettina Abarbanell. Auszug aus: F. Scott Fitzgerald, *Der große Gatsby*. Copyright © 2006 by Diogenes Verlag, Zürich

Ennio Flaiano (5. März 1910, Pescara – 20. November 1972, Rom)
Das Leben ändern (Titel vom Herausgeber). Aus dem Italienischen von Susanne Hurni. Aus: Ennio Flaiano, *Nächtliches Tagebuch*. Copyright © 1988 by Ammann Verlag, Zürich

Friedell, Egon (21. Januar 1878, Wien – 16. März 1938, ebenda)

Praktische Lebenskunst. Aus: Egon Friedell, *Vom Schaltwerk der Gedanken. Ausgewählte Essays zur Geschichte, Politik, Philosophie, Religion, Theater und Literatur*. Herausgegeben von Daniel Keel und Daniel Kampa. Diogenes Verlag, Zürich, 2007.

Johann Wilhelm Ludwig Gleim (2. April 1719, Falkenstein – 18. Februar 1803, Halberstadt)
Vorsatz. Aus: Johann Ludwig Gleim, *Ausgewählte Werke*. Wallstein Verlag, Göttingen 2003

Joey Goebel (* 2. November 1980, Henderson)
Wie ich jedes Jahr aufs Neue vorsätzlich scheitere (Bisher unveröffentlichte Geschichte. Originaltitel: *Every Year I pick a New Way to Fail*). Aus dem Amerikanischen von Hans M. Herzog. Copyright © 2013 by Diogenes Verlag, Zürich

Jerome K. Jerome (2. Mai 1859, Walsall – 14. Juni 1927, Northampton)
Der Mensch ist nicht für Vorsätze gemacht (Titel vom Herausgeber). Aus dem Englischen von Daniel Kampa. Auszug aus: Jerome K. Jerome, *Three Men on The Bummel*. Penguin Books, London, 1994

Mascha Kaléko (7. Juni 1907, Chrzanow – 21. Januar 1975, Zürich)
Gute Vorsätze. Aus: Mascha Kaléko, *In meinen Träumen läutet es Sturm. Gedichte und Epigramme aus dem Nachlass*. Hrsg. und mit einem Nachwort von Gisela Zoch-Westphal. Copyright © 1977 by Deutscher Taschenbuch Verlag, München

Erich Kästner (23. Februar 1899, Dresden – 29. Juli 1974, München)
Spruch für die Silvesternacht und *Warnung*. Aus: Erich Kästner, *Doktor Erich Kästners lyrische Hausapotheke*.

Copyright © 1936 by Atrium Verlag, Zürich und Thomas Kästner

Hugo Loetscher (22. Dezember 1929, Zürich – 18. August 2009, ebenda)

Der Reigen des Neuanfangs (Titel vom Herausgeber). Auszug aus: Hugo Loetscher, *Die Augen des Mandarin.* Copyright © 1999 by Diogenes Verlag, Zürich

W. Somerset Maugham (25. Januar 1874, Paris – 16. Dezember 1965, Nizza)

Selbsttäuschung (Titel vom Herausgeber). Aus dem Englischen von Irene Muehlon und Simone Stölzel. Aus: W. Somerset Maugham, *Notizbuch eines Schriftstellers.* Copyright © 2004 by Diogenes Verlag, Zürich

Michel de Montaigne (28. Februar 1533, Schloss Montaigne – 13. September 1592, ebenda)

Es ist nichts als Wankelmut (Titel vom Herausgeber) und *Lebensregeln* (Titel vom Herausgeber). Aus dem Französischen von Hanno Helbling. Aus: *Denken mit Michel de Montaigne. Eine Auswahl aus den Essais, vorgestellt von André Gide.* Copyright © 1993, 2005 by Diogenes Verlag, Zürich

Sławomir Mrożek (26. Juni 1930, Borzecin bei Krakau – 17. August 2013, Nizza)

Das neue Leben. Aus: Sławomir Mrożek, *Das Leben für Fortgeschrittene. Ein überflüssiges ABC.* Herausgegeben von Daniel Keel und Daniel Kampa. Copyright © 2006 by Diogenes Verlag, Zürich

Friedrich Nietzsche (15. Oktober 1844, Röcken – 25. August 1900, Weimar)

Glück und Ernüchterung (Titel vom Herausgeber). Aus: Friedrich Nietzsche, *Werke in drei Bänden. Band 1:*

Vermischte Meinungen und Sprüche. Carl Hanser Verlag, München, 1954

Palinurus, eigentlich Cyril Connolly (10. September 1903, Coventry – 26. November 1974, Eastbourne)

Vorsatz zum neuen Jahr. Aus: Palinurus, *Das ruhelose Grab. Ein Wörterzyklus.* Aus dem Englischen und mit einem Nachwort von Chris Hirte. Copyright © 2006 by The Estate of Cyril Connolly. Copyright für die deutsche Ausgabe © 2006 by Suhrkamp Verlag, Frankfurt am Main

Martin Suter (* 29. Februar 1948, Zürich)

Eigenmanns guter Vorsatz. Copyright © 2013 by Diogenes Verlag, Zürich

Die Vorsatzfrage. Aus: Martin Suter, *Richtig leben mit Geri Weibel.* Copyright © 2001 by Diogenes Verlag, Zürich

Sorgen um die Zukunft. Aus: Martin Suter, *Das Bonus-Geheimnis und andere Geschichten aus der Business Class.* Copyright © 2009 by Diogenes Verlag, Zürich

Italo Svevo (19. Dezember 1861, Triest – 13. September 1928, Motta di Livenza)

Die letzte Zigarette (Titel vom Herausgeber). Aus dem Italienischen von Barbara Kleiner. Auszug aus: Italo Svevo, *Zenos Gewissen.* Diogenes Verlag AG, Zürich 2010. Copyright für die deutsche Übersetzung © 2000 by Zweitausendeins, www.Zweitausendeins.de

Jonathan Swift (30. November 1667, Dublin – 19. Oktober 1745, ebenda)

Entschließungen. Aus dem Englischen von Paul Felix Greve. Aus: Jonathan Swift, Satiren. Copyright © 1965 by Insel Verlag, Frankfurt am Main

Ludwig Thoma (21. Januar 1867, Oberammergau – 26. August 1921, Rottach-Egern)

Gute Vorsätze. Aus: Ludwig Thoma, *Gesammelte Werke in sechs Bänden. Band 4*. Piper Verlag, München, 1968

Fridolin Tschudi (11. Juni 1912, Zürich – 5. Januar 1966, Klosters)

Alle Jahre wieder. Aus: *Die feiernden Deutschen*. Herausgegeben von Gerd Haffmans. Verlage Haffmans & Tolkemitt, Berlin 2012. Abdruck mit freundlicher Genehmigung von Frau Verena Rothenhäusler. Copyright © Paul Rothenhäusler Verlag, Stäfa

Kurt Tucholsky (9. Januar 1890, Berlin – 21. Dezember 1935, Göteborg)

Neues Leben und *Vorsätze* (Titel von den Herausgebern). Aus: *Das Tucholsky Lesebuch*. Herausgegeben von Daniel Keel und Winfried Stephan. Diogenes Verlag, Zürich, 2007

Evelyn Waugh (28. Oktober 1903, Hampstead – 10. April 1966, Combe Florey)

Schon wieder Massage? (Titel vom Herausgeber). Aus dem Englischen von Matthias Fienbork. Auszug aus: Evelyn Waugh, *Eine Handvoll Staub*. Copyright © 1986 by Diogenes Verlag, Zürich

Urs Widmer (* 21. Mai 1938, Basel)

Gute Vorsätze. Aus: Urs Widmer, *Das Geld, die Arbeit, die Angst*. Copyright © 2002 by Diogenes Verlag Zürich

Autorenregister